電腦化

華語發音測驗與教學

著作財產權人　國立臺灣海洋大學

著作人　張小芬、古鴻炎

目録 CONTENTS

作者簡介

張小芬

學　　歷：國立彰化師範大學特殊教育學系學士、碩士

國立臺灣師範大學特殊教育學系博士

現　　任：國立臺灣海洋大學教育研究所助理教授

學術專長：聽語障礙教育、語音教學、學校輔導

古鴻炎

學　　歷：國立交通大學計算機工程學士、碩士

國立臺灣大學資訊工程博士

現　　任：國立臺灣科技大學資訊工程系副教授

學術專長：語音信號處理、電腦音樂、資訊隱藏

序言

本著作的完成首先要感謝國科會「科教成果推廣與應用專書計畫」（NSC 93-2511-S-019-002）的經費補助，促成本研究團隊將過去三年來，由國立臺灣海洋大學教育研究所張小芬（主持人）與國立臺灣科技大學資訊工程系古鴻炎（共同主持人），共同執行國科會補助之「國語聲調量測與教學」系統的成果〔含建立 e 化的教學環境提供新的學習觀——聽語障礙系統（NSC 91-2520-S-019-002）、聲調評量與教學系統（NSC 94-2614-S-019-001）〕，整合成「華語發音測驗與教學」專書與系統。系統之內容涵蓋華語聲、韻、調之學習，主要的特色是提供一個具有視覺回饋的聲調學習方式，並且建立聲調編序教材的題庫，方便使用者選擇適合的單元自行練習。此外，系統具備直接錄音、存檔的功能，教學者也可使用自編的課程，直接錄音進行教學。系統根據唸讀結果，可立即呈現教師與學生的聲調分數；系統所提供之「聲調聽辨測驗」，可用於篩選聲調覺知有障礙者，聲調聽辨結果亦為聲調教學之重要參考，而「聲調聽辨練習」與「課後測驗」是聲調聽辨訓練極佳的輔助工具，系統具備自動儲存聲調測驗分數之功能，不論是「聲調唸讀」或「聲調聽辨」，除分數記錄外，亦逐筆記錄使用者登入與登出的時間，有助於教師了解學生之練習狀況。本系統可節省人耳評分的困難與評分所耗費的人力與時間；對於聲母、韻母唸讀有困難者，可使用「聲母、韻母教學」軟體做練習。此外，系統亦提供英文介面供使用者選用，因此，本系統之使用對象為學習華語發音之初學者、外籍人士、聲韻調學習困難者，或聽障者均能適用。

系統主要分成三個獨立的系統，分別為：「聲調唸讀」、「聲調聽

辨」、「聲母、韻母教學」軟體。「聲調唸讀」的介面是兩個聲調軌跡圖並列，也就是教師與學生的聲調軌跡圖可以放在一起做比較，提供即時的視覺回饋；如果使用者在無教師指導的情況下，也可使用內建的聲調語音檔題庫做練習。「聲調聽辨」除具備「聽辨測驗」的功能外，亦包括「聲調聽辨練習」與「課後測驗」。「聽辨測驗」具備良好信、效度，題型包括：單字詞與二字詞之聲調聽辨，可作為正式施測用；「聽辨練習」除單字詞的聽辨練習外，也包括課後聲調測驗，可用於學習效果之自我評估。此外，「聲母、韻母」的教學，內容包括發音口腔正面圖、發音器官側面圖、發音嘴形正面與側面動畫、真人教學影片，影片並輔以手語與字幕之輔助說明，有助於聲母、韻母的學習。所以本系統可供教師作為教學或學生課後練習之用；除教學外，本系統亦可作為聲學研究的工具，包括聲調的波形、頻譜圖與聲學之重要數值，如：音高、音強、音長等之記錄與編輯等。所以本系統是聲調教學者、學習者、研究者很好的電腦聲調輔助工具。

　　本書分為二部分，共五章，第一部分為「系統之操作」，包括三章：第 1 章至第 3 章分別為：「聲調唸讀」、「聲調聽辨」、「聲母、韻母教學」軟體之操作，使用者根據軟體操作說明與範例引導，可以很快學會本軟體之操作方法。第二部分為「華語聲韻調測驗與教學」，分別為第 4 章「聲調測驗與教學」、第 5 章「聲母、韻母測驗與教學」，內容涵蓋聲韻調之教學方法，並提供聲調唸讀與聽辨練習、課後測驗等，依據聲調教學的理論，單元設計採編序教材，是學習華語發音快速而有效的輔助教材。

　　本書與系統能順利完成，除感謝國科會的研究計畫補助外，更感謝國立臺灣海洋大學之教師研究補助，本研究才得以持續進行。特別感謝

歷年來參與系統建構之研究生，包括臺灣科大資工所的吳俊欣、孫世諺、吳昌益，及海洋大學資工所的涂朝淵等，在電腦程式發展上的努力與付出；感謝海洋大學師資培育中心與教研所學生：吳孟樺、彭翊瑋、鄭信鴻、李翠雲、趙育綾、李佳柔、李家昇、張甄育等人，參與施測、評分、錄音、語音切割、美工設計、繪圖、資料彙整等工作。在系統發展過程中，海洋大學資工系丁培毅教授、清雲科技大學電機系李信興教授，也提供許多寶貴意見與協助。此外，也要感謝海洋大學通識中心樊慶蘭助教與教學中心張凱音專員錄音的辛勞，啟聰資深教師手語教學影片的擔綱演出，以及提供施測樣本之學校：基隆市立中正、安樂、正濱、信義國小、安樂國中、臺北縣立裕民國小、臺北市立啟聰學校等師生所給予的協助。此系統歷經多次實務研究與測試，系統已具備實務的應用價值，有感於各界對此書與系統之殷切期盼，匆忙付梓若有疏失之處，尚祈讀者不吝惠賜指正，更歡迎提供實務應用的建議，以為系統修訂之重要參考。最後，也要藉此機會，感謝海洋大學研發處「研發成果技術移轉」委員，對此著作出版所提供的指導與協助，更感謝心理出版社總編輯林敬堯先生同意出版本書與系統，以及出版部陳文玲編輯與工作人員細心的校對與編製，使本書與系統光碟得以如期出版，特此一併致謝。

張小芬、古鴻炎

謹識於

2007 年 2 月

系統安裝說明

○ 古鴻炎

系統需求

◆ Intel® Pentium® III 處理器或相當等級以上

◆ Windows XP 系列作業系統

◆ 256MB 記憶體

◆ 600MB 可用硬碟空間

安裝步驟

1. 請確定您有足夠的可用硬碟空間，然後開始進行安裝步驟。

2. 開啟「檔案總管」（或「我的電腦」），找出您光碟上的 "CAI_Setup. exe" 安裝程式，在 "CAI_Setup.exe" 檔案圖示上點兩下，安裝程式會自動執行（如圖）。

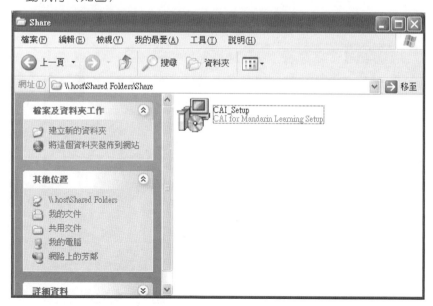

3. 接下來，螢幕陸續出現安裝步驟的視窗，請依照畫面指示點選下一步按鈕。

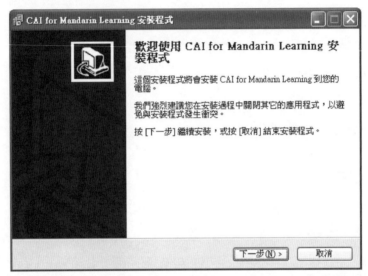

4. 安裝程式之密碼欄框處請鍵入 0963-0F79-29A1-D7BA-E5EC 並依照畫面指示點選下一步按鈕。

5. 選取安裝路徑（建議使用系統預設值）。

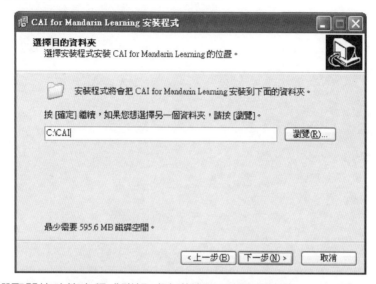

6. 選取開始功能表程式群組（建議使用系統預設值）。

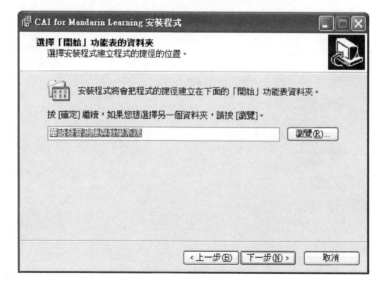

7. 勾選是否自動產生桌面捷徑。

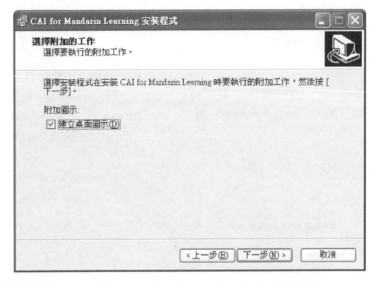

8. 確認安裝。

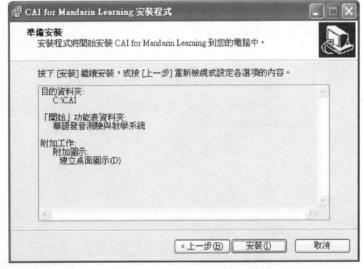

完成安裝步驟。

CAI

第一部分

系統之操作

CHAPTER 1

「聲調唸讀」軟體之操作

○ 古鴻炎

○ 第一節　華語發音系統概覽

　　華語發音系統涵蓋三個子系統，分別為：「聲調唸讀」、「聲調聽辨」、「聲母、韻母教學」。中文與英文的主畫面如圖 1-1 與圖 1-2，使用者根據學習的需要，可選擇不同的子系統進行學習，子系統本身是可以獨立執行的程式，從主畫面選取一個子系統的按鈕，就會啟動該子系統對應的程式。

　　在進入各子系統後，從視窗介面上方的「檔案」中點選「新建使用者記錄檔」，輸入自己的個人資料，必填的欄位包括姓名、性別、身分證字號、出生年月日（圖 1-3），其中「身分證字號」為進入系統所要登入之號碼，使用者只要設定首字為英文字母即可（大小寫不限）。當使用者填寫完成後，按下「新增」後便可成功地開啟本系統進行練習，使用者每次進入系統均須點選「使用者登入」（圖 1-4），以所登記的身分證字號進入系統，使用者只要建立資料後，無論開啟任何子系統均可使用登記的身分證字號登入系統。

　　關於使用者的相關資訊是放在 userlog 中，在該資料夾中包含了 userprofile 的資料夾和 usersessiondata 的資料夾。在 userprofile 的資料夾中，會建立以身分證字號建檔的使用者資料，其中包含了個人的姓名、資料等等。

圖 1-1　華語發音測驗與教學系統之中文主畫面

圖 1-2　華語發音測驗與教學系統之英文主畫面

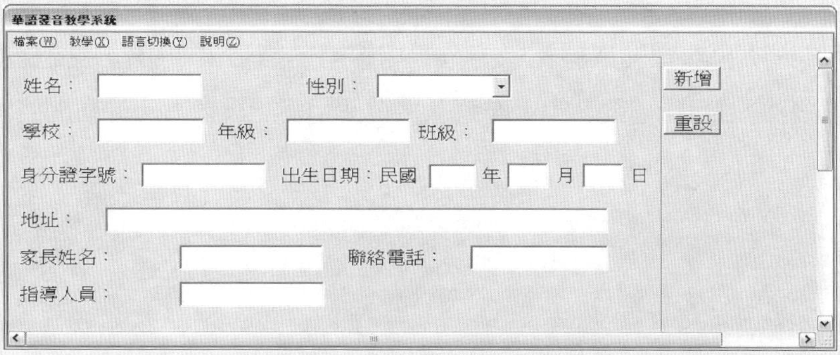

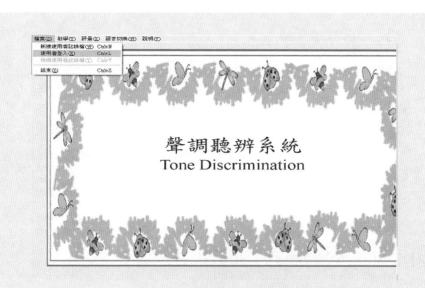

圖 1-3　聲調聽辨系統登入

圖 1-4　聲調聽辨系統登入

而usersessiondata資料夾則是放著使用者登入系統資訊後的學習歷程記錄，每個聲調的通過比率會登記在使用者的使用者記錄檔中，記錄使用者進入與關閉的時間與所有練習的成績紀錄，系統均會自動儲存，使用者若要查詢記錄檔，可從介面上方「檔案」中，點選「檢視使用者記錄檔」，便可開啟學習的資料（圖1-5）。

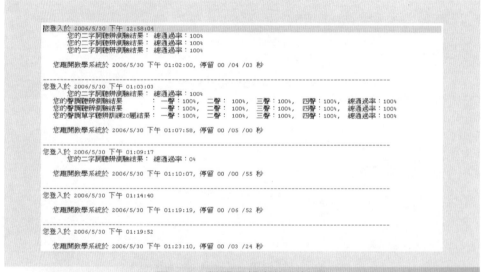

圖1-5　學習記錄與施測結果

● 第二節　聲調軌跡圖的操作

聲調唸讀系統的語音音調分析，程式畫面如圖1-6所示，為了介紹方便，在圖1-6裡標示出B1、B2、B3三個區域。

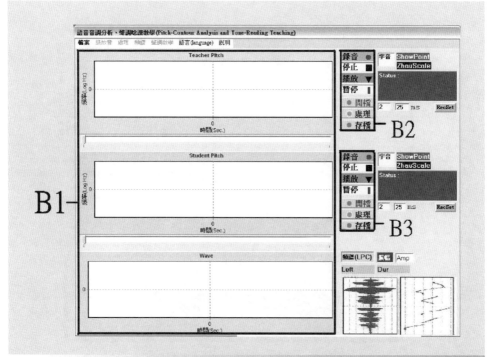

圖 1-6　聲調唸讀系統的程式畫面

　　B1 的上方與中間區塊為軌跡圖區，上方區塊 Teacher Pitch，畫出老師語音的基週軌跡圖，如圖 1-7(a)所顯示的，在粗黑線條框起來的白色區域內的曲線。中間區塊 Student Pitch，為學生語音畫出的基週軌跡圖。下方區塊 Wave，為波形圖區域，如圖 1-7(b)所顯示的，在粗黑線條框起來的白色區域，用來顯示老師或學生的語音波形。

　　右方 B2、B3 區域內各有七個按鈕，B2 區域為老師語音之操作區，B3 區域為學生語音之操作區。第一個按鈕用以啓動錄音，第二個用以停止錄音，第三個用以播放語音，第四個用以暫停播放，第五個用以開啓檔案，第六個是處理按鈕，用以畫出基週軌跡，第七個用以儲存語音檔案。

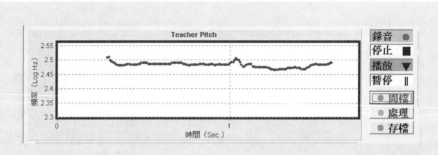

圖 1-7(a)　老師語音之基週軌跡

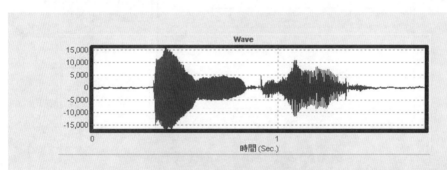

圖 1-7(b)　老師語音之波形圖

一、錄音 ||||

（一）錄音前

　　當第一次使用軟體時，可以先按錄音鈕，錄過一次音後，程式會自動產生
Config.txt 檔；或者在畫面右方的兩個「RecSet」按鈕，分別都按一下，用
以產生 Config.txt 檔，之後再按其他按鈕，才不會發生找不到 Config.txt 檔的
問題。

　　「RecSet」為錄音前的設定按鈕，按下去之後，會出現如圖 1-8 顯示的畫面。可藉以設定一些數值，而一般都是使用預設值。「取樣頻率」的預設值為 22050 赫茲（Hz）；「解析度」為 16 Bits/Sample；「緩衝容量」為 0.05 秒（Sec），「錄音時間」為 5 秒，也就是使用者一次發音的長度限制，選項的設定可以依照自己的需求做改變。

圖 1-8　錄音前設定

（二）錄音中

　　當按下 B2 區域的錄音按鈕，Teacher Pitch 區塊裡的基週軌跡量測結果，以藍色的曲線顯示，如圖 1-9(a)。另外，當按下 B3 區域的錄音按鈕， Student Pitch 區塊裡的基週軌跡量測結果，則會以綠色的曲線顯示，而下方時間進度軸會向前移動，如圖 1-9(b)所示。

（三）錄音後

　　錄完音或做波形的調整之後，可按「處理」按鈕，以重新計算一次基週軌跡。B1 區域的 Teacher Pitch 區塊或 Student Pitch 區塊的軌跡圖縱軸，為頻率取對數之後的尺度（scale），橫軸為時間。

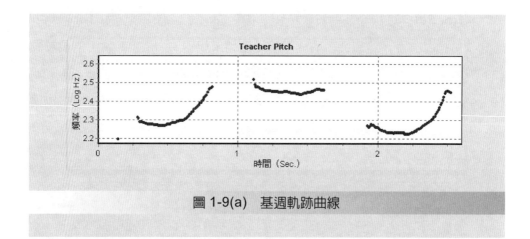

圖 1-9(a)　基週軌跡曲線

圖 1-9(b)　時間進度軸

　　當 B1 區域的 Teacher Pitch 與 Student Pitch 同時顯示老師與學生的基週軌跡時，以滑鼠左鍵點選上方 Teacher Pitch 區塊，則下方 Wave 區塊會顯示 Teacher Pitch 區塊的波形圖；若以滑鼠左鍵點選中間之 Student Pitch 區塊，則下方 Wave 區塊會顯示 Student Pitch 區塊的波形。

　　若要將所錄的語音存檔，可以點擊 B2 或 B3 區域裡的「存檔」按鈕，將對應的老師或學生的語音存檔，使用者須輸入檔案名稱，而存檔類型預設值為 wav 檔。

二、訊息顯示 ▍▍▍▍

（一）基週軌跡訊息顯示

在 B2 與 B3 區域的右方，有兩個訊息標籤，「ShowPoint」與「ZhauScale」。

「ShowPoint」標籤，會依照滑鼠左鍵點選 B1 區域的上面區塊或中間區塊的軌跡圖位置，而顯示出對應的時間與頻率；而「ZhauScale」標籤，則會顯示出趙氏尺度的音高值。下方狀態（Status）區塊，會依照使用者的操作顯示一些訊息，例如檔案的路徑，或錯誤訊息，如圖 1-10 所示。

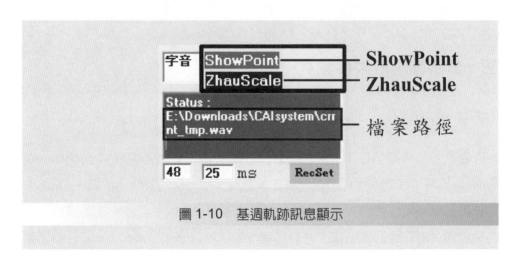

圖 1-10　基週軌跡訊息顯示

（二）波形區訊息顯示

在 Wave 區塊的右方有兩個標籤，如圖 1-11 所示，用來顯示「時間」與「間隔時間」，分別為「Left」與「Dur」。若將滑鼠左鍵對著波形圖點擊一下，「Left」標籤會顯示出點擊位置所對應的時間秒數。如果要量測某一區段

的時間長度，則以滑鼠左鍵為起始點，滑鼠右鍵為終點，分別點擊，則「Dur」標籤會顯示出起點到終點的時間。

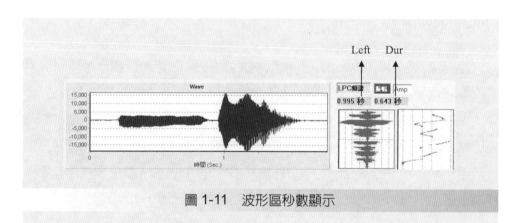

圖 1-11　波形區秒數顯示

三、軌跡圖縮放與移動 ||||

（一）操作一

　　當軌跡曲線顯示在 B1 區域的上方 Teacher Pitch 區塊或中間 Student Pitch 區塊時，我們可以用滑鼠左鍵點擊軌跡圖下方灰色區域，如圖 1-12(a)。則軌跡圖縱軸尺度會放大（zoom in），如圖 1-12(b)所顯示。如果滑鼠左鍵在軌跡圖上方灰色區域點擊，則軌跡圖縱軸尺度會縮小（zoom out）回到圖 1-12(a)所示大小。

　　如果要讓縱軸回復原來的尺度，可以用滑鼠左鍵，在軌跡圖中白色區域內連續點兩下，就可以達成，或是以操作二的方法來達到放大與縮小。

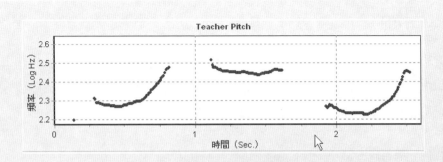

圖 1-12(a)　基週軌跡原尺度

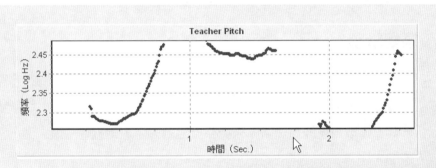

圖 1-12(b)　基週軌跡放大

（二）操作二

　　將滑鼠游標，停在 Teacher Pitch 區塊或 Student Pitch 區塊的白色區域內，按住滑鼠左鍵不放，從左上拉到右下時，會出現虛線框來選擇所要的大小，放開後，尺度範圍會依照選擇的區域大小而放大。若滑鼠游標從右下往左上拉，則整個範圍會回到原先的尺度。同時，B1 區域下方的 Wave 區塊，其橫軸尺度會隨著 Teacher Pitch 區塊或 Student Pitch 區塊的選取範圍同時做改變。

（三）操作三

將滑鼠游標移到 B1 區域下方的 Wave 區塊的白色區域內，按住鍵盤上的「Ctrl」鍵不放，然後點擊滑鼠左鍵，則波形圖的橫軸刻度會向右移動放大。如果是點擊滑鼠右鍵，則橫軸刻度會向左移動縮小。

（四）操作四

在 B1 區域內的任一區塊中，將滑鼠游標移動到白色區域，先按住滑鼠右鍵不放，再移動滑鼠，則白色區域內所顯示的圖形會隨著滑鼠的移動而移動。

四、振幅調整 ||||

在 Wave 區塊右方有一個「振幅」標籤，而在「振幅」標籤的右方有一個輸入方塊，若是某一段語音的波形、振幅大小明顯不足，我們可以將數值輸入在「振幅」標籤右邊的方塊中，來調整振幅的大小，則振幅的最大值，會達到輸入值的大小。

如圖 1-13(a)所顯示，我們可以很明顯知道第二個音節振幅比較小。因此我們以上一節介紹的操作二方法，選取第二個音節，如圖 1-13(b)。接著在輸入方塊中輸入振幅值 20000，再按住「Ctrl」鍵不放，並以滑鼠左鍵點選「振幅」按鈕，如圖 1-13(c)。則我們可以發現，振幅的上下限值會由原先的值，調整成最大值 20000，如圖 1-13(d)所顯示。

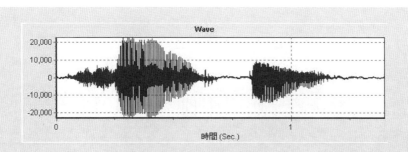

圖 1-13(a)　振幅調整前

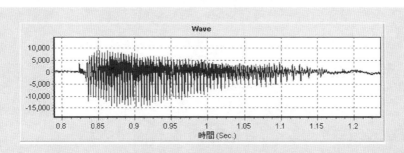

圖 1-13(b)　選取要調整的音節

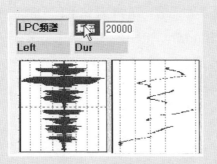

圖 1-13(c)　振幅調整

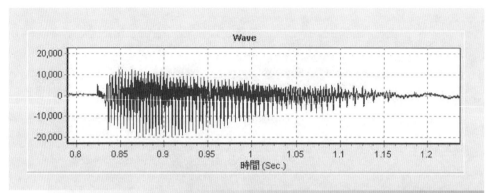

圖 1-13(d)　振幅調整後

五、波形切割 ||||

　　一般語音波形，錄製時可能前後的靜音很長，在分析上顯得多餘，我們可以選擇要保留下來的區域，而將選擇以外的靜音部分切除。

　　首先依照操作二的方法，在 Wave 區塊中選擇所要保留的波形區域。若Wave區塊的波形對應到的是 Teacher Pitch 區塊的基週軌跡，在選取要保留的區域後，按住「Ctrl」鍵不放，點擊 B2 區域的「處理」按鈕，如圖 1-14 (a)、1-14(b)所顯示，則此段語音前後靜音的部分就會被切除掉。若Wave區塊的波形對應到的是 Student Pitch 區塊，則選取要保留的區域後，一樣按住「Ctrl」鍵不放，再點擊 B3 區域的「處理」按鈕，就可以切除靜音部分。

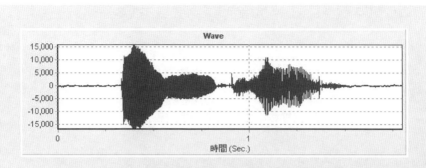

圖 1-14(a)　波形切除前

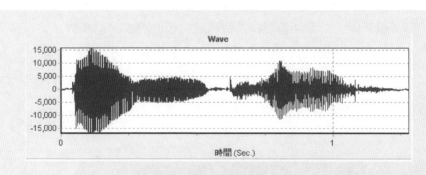

圖 1-14(b)　波形切除後

● 第三節　電腦自動儲存的檔案 pitch. txt 使用說明

　　當我們使用錄音功能時，在錄完語音後，程式除了會自動將基週軌跡畫出來，也會自動將一些資訊儲存於一個文字檔裡。此外，當以開檔的方式開啟 wav 檔時，程式也會自動將資訊儲存於一個文字檔裡。在 B2 功能區所做的處理動作，Teacher Pitch 區塊中的資訊會記錄於「pitch1.txt」檔。而在 B3 功能區所做的處理動作，Student Pitch 區塊中的資訊會記錄於「pitch2.txt」

檔。在這檔案中，記錄了五筆常用的資訊，如表 1-1 中所列。

表 1-1　pitch.txt 檔的格式

音框序號	秒數	過零率	音量大小	音高頻率

　　我們以「記事本」來開啟檔案，如圖 1-15 所示。第一欄是音框序號，我們對語音訊號做運算時，會針對每一小段時間做演算，求出語音特徵。而這一小段時間，我們給予編號，稱為音框序號。第二欄秒數，是記錄每一個音框的起始時間。第三欄過零率，是指在音框時間內，通過零軸的次數。第四欄音量大小，是記錄音框時間內的能量，也就是分貝（dB）值。第五欄則是記錄音框的頻率，單位為赫茲（Hz）。若是此欄數值為 1.0，表示可能為雜訊、子音部分或是靜音部分，而無法分析出頻率。

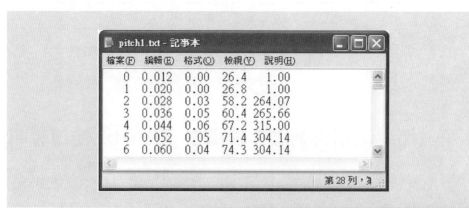

圖 1-15　pitch.txt 檔

第四節　聲調教學程式操作

要進入聲調教學系統時，可以點選上方工具列的「聲調教學」，之後選擇「開始」選項，則會在原來的程式畫面右邊，出現教學系統介面，如圖 1-16 所示。

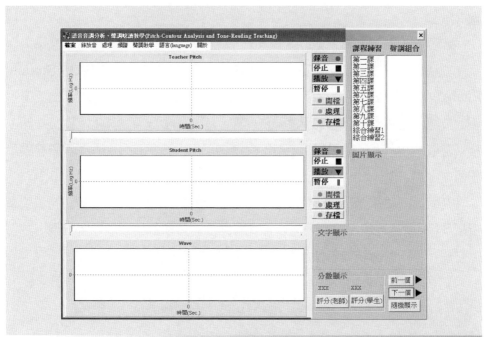

圖 1-16　聲調教學介面

教學系統將練習的課程，依照難易度，由簡而難，列於「課程練習」標籤下的方塊中，分為一到十課與綜合練習。其中一到十課為單字詞、雙字詞與三字詞，而綜合練習為三字詞、四字詞。每一課都有不同的聲調組合可供練習。

當我們點選「課程練習」標籤下方的任何一課時，右方「聲調組合」標籤

下方會列出每一課的聲調詞組，如圖 1-17(a)所示。以第一課而言，以滑鼠左鍵點選後，「聲調組合」會有三種，[1]、[11]、[111]，分別為一聲調的單字詞、雙字詞與三字詞的三種詞組。當選擇 [11] 代表第一聲雙字詞組合，下方「圖片顯示」與「文字顯示」會出現第一筆相對應的圖片與文字，如圖 1-17(b)所示，而 B1 區域的 Teacher Pitch 區塊與 Wave 區塊會顯示出對應的基週軌跡與波形。若詞組中沒有對應的圖片，則「圖片顯示」方框內不會有圖案出現。

若要練習聲調發音，可以使用 B3 區域的功能按鈕來錄製語音，然後再觀察比對所對應的基週軌跡的正確性，對應的基週軌跡會顯示於 B1 的 Student Pitch 軌跡圖區中。在教學系統的程式畫面，下方的按鈕有三個。按「下一個」按鈕，程式會依照檔案順序，依序顯示下一個詞組；按「上一個」按鈕，程式會依序顯示上一個詞組；若按下「隨機顯示」按鈕時，則程式會隨機顯示詞組。

在軟體的操作上，要注意一點：就是當我們要點擊下方三個按鈕時，或是要按 B1 區域的播放按鈕時，需要等到對應的基週軌跡與波形完全出現，才可以點擊，否則會出現波形顯示不完全，或其他錯誤訊息。

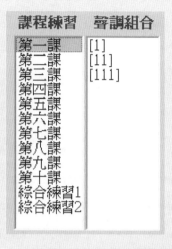

圖 1-17(a)　課程選擇

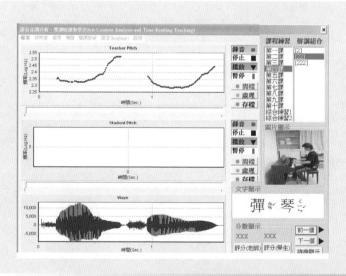

圖 1-17(b)　範例說明

　　經由上述方法錄製個人聲音後，經由點選「評分（學生）」按鈕，便可得到使用者本次發音的練習成績，而成績會存於暫存檔中，在使用者登出並關閉程式後，程式將會把本次所有練習所得的分數，依照各聲調的平均記錄於使用者紀錄檔中，如圖 1-18 所示。

```
      0      10      20      30      40      50      60      70      80     9
25 您登入於 2006/9/24 下午 09:34:05
26      您的各聲調平均發音成績：聲調 1：4.32  聲調 2：5  聲調 3：0  聲調 4：0；
27
28 您登入於 2006/9/24 下午 09:39:15
29      您的各聲調平均發音成績：聲調 1：5  聲調 2：0  聲調 3：0  聲調 4：3；
30
31 您登入於 2006/9/24 下午 09:40:11
32      您的各聲調平均發音成績：聲調 1：5.99  聲調 2：0  聲調 3：2.66  聲調 4：0；
33
34 您登入於 2006/9/24 下午 09:46:39
35      您的各聲調平均發音成績：聲調 1：0  聲調 2：2  聲調 3：0  聲調 4：2.66；
36
37 您登入於 2006/9/24 下午 09:48:16
38      您的各聲調平均發音成績：聲調 1：0  聲調 2：0  聲調 3：0  聲調 4：2.66；
39
40 您登入於 2006/9/24 下午 09:52:49
41      您的各聲調平均發音成績：聲調 1：4.65  聲調 2：3.16  聲調 3：0  聲調 4：0；
42
43 您登入於 2006/9/24 下午 09:55:29
44      您的各聲調平均發音成績：聲調 1：3.44  聲調 2：2.07  聲調 3：0  聲調 4：0；
45
```

圖 1-18　聲調練習發音成績平均

　　本次所有練習結果則是存於暫存檔中，檔案名稱依據使用者的登入帳號命名，例如使用者帳號為 A123456789，所有練習結果會以文字檔方式存於程式目錄\userlog\usersessiondata 路徑下 A123456789_session_CH.txt 的文字檔中，檔案路徑如圖 1-19(a)所示，檔案內容則如圖 1-19(b)所示。

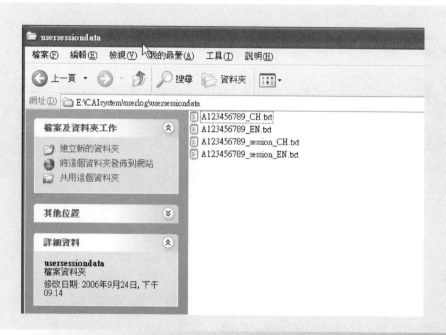

圖 1-19(a)　暫存檔路徑範例

	0	10	20	30	40	50	60
1	您的聲調發音成績：	聲調1	:	5	聲調1	:	4;
2	您的聲調發音成績：	聲調2	:	2.33	聲調2	:	4;
3	您的聲調發音成績：	聲調2	:	2.33	聲調2	:	4;
4	您的聲調發音成績：	聲調2	:	2.66	聲調4	:	2.66;
5							

圖 1-19(b)　暫存檔內容

● 第五節　聲波與 LPC 頻譜圖的操作

在分析基週軌跡時，程式偵測出的軌跡可能會有錯誤，而出現不是預期的結果。比方說子音的部分，原來不會有基週產生，卻分析出基週；或是鼻音拖得過長，而影響到原本的基週軌跡；或者是曲線沒有很平滑，跳動幅度很大。此時就可以依照需求，做人工修正。

一、模式切換 ||||

假設本次分析中，每一個音框分析出的基週，如下圖 1-20 所示。若要進入編輯模式，先將滑鼠移到區塊內的白色區域，按住「Alt」鍵不放，連續點擊滑鼠左鍵兩下，白色區域會切換成灰色的編輯模式，如圖 1-21 顯示的。在編輯模式之下，就可以對基週軌跡曲線上的每一點做刪除或是修改。

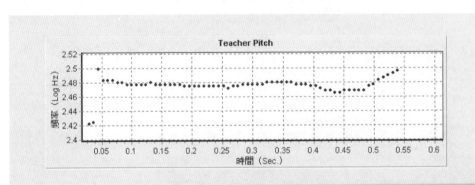

圖 1-20　基週軌跡編輯前

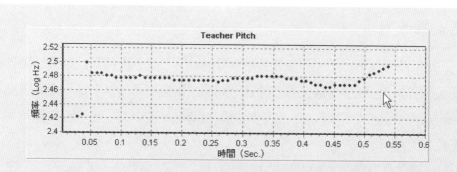

圖 1-21　基週軌跡編輯模式

二、刪除 ||||

　　如果要刪除基週軌跡某一點，先按住「Ctrl」鍵不放，再將滑鼠游標，移到藍色的基週點，對著基週點按一下滑鼠的右鍵，就可以從軌跡圖上刪除所選擇的點。如圖 1-21 顯示的，前面三點的差異性較大，可能是子音或雜訊，不是所要的基週軌跡，而後面的部分，因為鼻音太長而影響到正常的頻率，因此刪除掉不要的基週點，結果得到如圖 1-22 顯示的軌跡。

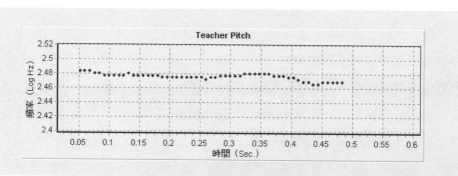

圖 1-22　基週軌跡點的刪除

三、修改 ▏▏▏▏

如果要修改基週點，可以先按住「Ctrl」鍵不放，再將滑鼠游標移動到欲修正的位置，也就是基週點的上面或下面，然後按一下滑鼠左鍵，則基週點會依照游標的位置，改變數值。改變過後的軌跡點，會以紫紅色的點來顯示，如圖 1-23 所示。

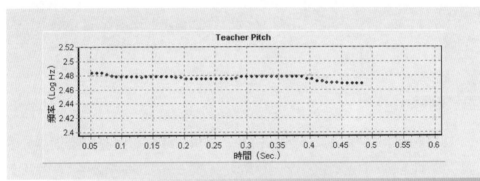

圖 1-23　修改後基週軌跡點的平滑

四、存檔 ▏▏▏▏

當我們修改過基週軌跡點後，可以在編輯模式下，按下「存檔」按鈕，將基週參數值存下來，副檔名為 pth。而輸入的檔名，需要與原來的 wav 檔案名稱一樣並位於同一目錄下，如圖 1-24 所顯示。以後開此 wav 檔，將軌跡圖區切換到編輯模式時，檔案目錄中若有一樣檔名的 pth 檔，代表曾經修正過基週軌跡，則程式會跳出詢問對方塊「是否讀入音調軌跡資料」，如圖 1-25 所顯示。若選擇「是」，則會將之前修改過的值，讀入進去，顯示於軌跡圖內。若是選擇「否」，依舊進入編輯模式，基週軌跡為原來未修改過的。

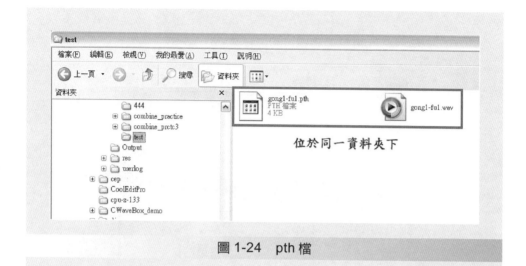

圖 1-24　pth 檔

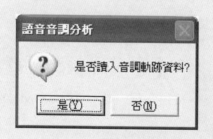

圖 1-25　詢問方塊

　　pth 檔的格式如表 1-2 所顯示，我們可以用 windows 內建的程式記事本來開啟，如圖 1-26 所顯示。前三欄的參數，都與pitch.txt檔案中的第一欄、第二欄、第五欄一樣。而第四欄的參數「修正判斷」，其值若是 1，表示這個音框序號的基週軌跡值，之前曾經修改過，若是 0，表示沒有修改過。而「音高頻率」與「修正判斷」同為 1 的話，表示此音框基週軌跡曾經刪除過。

表 1-2　pth 檔的格式

音框序號	秒數	音高頻率	修正判斷

圖 1-26　notepade 開啟 pth 檔

五、手動記錄

　　程式另外還提供了一項功能，可以手動記錄每一點的時間與頻率，而此資訊會記錄在 pthlog.txt 檔案中。

　　前面小節提到過，在 B2 或 B3 功能按鈕區的右邊，「ShowPoint」標籤用來顯示時間與頻率兩項訊息。當檔案開啟或錄完音時，滑鼠還沒有點選軌跡圖區，標籤還未有訊息顯示，如圖 1-27(a)。若將滑鼠游標移動到 B1 區域的 Teacher Pitch 區塊或 Student Pitch 區塊，按下滑鼠左鍵點選，則訊息標籤會顯示出對應的時間與頻率，這樣的資料可以一點一點地記錄下來。

　　要記錄選擇的點，可以在「字音」方塊中，輸入文字來標記聲音的名稱。再將滑鼠游標移動到「ShowPoint」標籤，按下滑鼠左鍵或右鍵，如圖 1-27 (b)顯示，按下去時，標籤文字會呈現紅色字體，訊息就會存入 pthlog.txt 檔案中。若是滑鼠右鍵點擊的話，則資訊會存在同一列中；若是滑鼠左鍵點擊的話，則資訊會換下一列來存。在一列的最左邊的標注，會依照字音方塊中的輸入，而存進 pthlog.txt 檔中。

圖 1-27(a)　訊息標籤　　　　　圖 1-27(b)　標籤點擊

　　如果是對著 Teacher Pitch 區塊點擊，資訊會存入 pthlog1.txt 檔案中；如果是對著 Student Pitch 區塊點擊，資訊會存入 pthlog2.txt 檔案中。我們可以用記事本開啟檔案，看檔案中所儲存的資訊，如圖 1-28 所示。

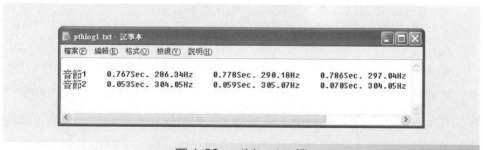

圖 1-28　pthlog.txt 檔

六、LPC 頻譜操作 ▍▍▍▍

　　本系統提供 LPC 頻譜圖的分析，當我們開啟音檔或錄完音後，若要產生 LPC 頻譜圖，先按住「Ctrl」鍵不放，然後滑鼠移到「LPC 頻譜」（英文介面為「Spectrum」）的按鈕上，按滑鼠左鍵，就會產生頻譜圖，如圖 1-29 所示。

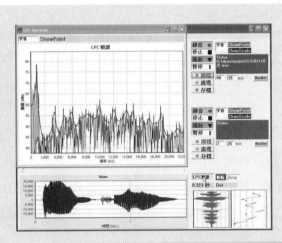

圖 1-29　LPC 頻譜圖的產生

　　圖 1-29 上方用黑色線條畫的曲線，跳動較劇烈，是 FFT 頻譜；而用紅色畫的曲線，是 LPC 頻譜。縱軸代表能量強度，以分貝（dB）為單位；橫軸代表頻率，以赫茲（Hz）為單位。為了觀察不同時間點上的頻譜，我們可以將滑鼠游標移動到圖 1-29 下方之 Wave 區塊上的波形圖，點按不同的時間位置，LPC 頻譜亦會隨之改變。

　　我們可以在頻譜圖上任一位置點選，頻譜圖上方的「ShowPoint」標籤會依照所點的位置，顯示出對應的頻率與能量強度（圖 1-30），使用者可以

用滑鼠點按此 Hz 與 dB 值，數值字體會呈現紅色，如圖 1-31 所顯示。如果點按的是 Teacher Pitch 區塊，資訊會存入 lpclog1.txt 檔案中；如果點按的是 Student Pitch 區塊，資訊會存入 lpclog2.txt 檔案中。儲存時亦可使用自訂的名稱，操作方式是在 Hz 與 dB 值之左邊的空白欄框中鍵入名稱並按下 Enter 鍵後，系統會自動儲存此檔案名稱與參數值（圖 1-32）。

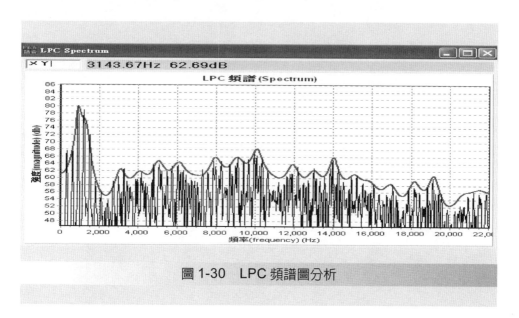

圖 1-30　LPC 頻譜圖分析

圖 1-31　LPC 頻譜圖手動記錄

圖 1-32　LPC 頻譜圖手動紀錄存入 lpclog1.txt 檔案中之資訊

CHAPTER 2

「聲調聽辨」軟體之操作

● 張小芬

● 第一節　聲調聽辨測驗

　　聲調聽辨軟體的主要架構包括「教學」與「評量」兩部分，教學涵蓋「聲調聽辨練習」與「聽辨課後測驗」，評量係指「聲調聽辨測驗」，主畫面如圖 2-1。

圖 2-1　聲調聽辨系統主畫面

　　由「聲調聽辨系統」上方點選「評量」後，會出現「單字詞」、「二字詞」，兩者均包括「固定題組」與「隨機出題」的施測方式供選擇。兩種之測驗內容相同，不同之處為測驗題項出現的順序不同，當使用者需進行多次聽辨測驗，可以使用「隨機出題」方式，以避免產生測驗練習的效果。測驗順序請先點選「單字詞」，測驗完畢後再進入「二字詞」聽辨測驗，如圖 2-2 所示。

圖 2-2　聲調聽辨系統──單字詞、二字詞聲調聽辨測驗選單

一、單字詞聲調聽辨 ▏▏▏▏

　　選取「評量」的「單字詞」測驗後，操作畫面上可以看到左方的紅色區塊，顯示目前題數，題數出現「＃」號代表示範的例題。例如：題號出現「＃1」是表示範例的第 1 題（圖 2-3）。當題數出現「1」時，即表示開始進行正式測驗第 1 題，上方有個「播音員」的圖示按鈕，當使用者按下時會播放該題號的聲音檔，使用者可以從四個聲調選項中，用滑鼠點選自己聽到的聲調是一聲、二聲、三聲、四聲。作答後，用滑鼠點選「下一題」的圖示按鈕，

即可進行下一題的施測。如果受測者想要修改前一題之答案,可以按「上一題」重新作答(圖2-4),系統會以最後的答案計分。當作答到了第20題後,按結束,系統會出現「恭喜你完成單字詞聲調聽辨測驗」的訊息,表示您已經完成單字詞聽辨測驗,如圖2-5。

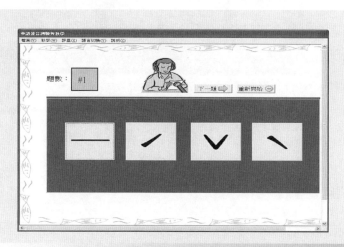

圖 2-3　單字詞聲調聽辨測驗例題

圖 2-4　單字詞聲調聽辨測驗正式作答

圖 2-5　單字詞聲調聽辨測驗之完成訊息

二、二字詞聲調聽辨測驗 ||||

　　二字詞的聲調聽辨測驗畫面，選項由四項變成兩項，二字詞的聽辨測驗主要是以「對比聲調」的語詞型態為內容，在韻母、聲母均相同的狀況下，受試者必須就所聽到聲調，選擇左邊或是右邊的二字詞的聲調組合。同樣地，操作畫面上可以看到左方的紅色區塊，顯示目前題數，題數出現「#」號，是代表示例題，例題的答案如果錯誤，會出現「您答錯了！請重新輸入答案。」的訊息（圖 2-6），受測者必須答對所有例題，才能進入正式測驗題目。

圖 2-6　二字詞聲調聽辨測驗範例答錯的訊息

　　聲調聽辨正式題目之介面如圖 2-7，圖上方有個「播音員」的圖示按鈕，當使用者按下時會播放該題號的聲音檔，使用者從兩個聲調組合的選項中，點選一個自己聽到的聲調組合。作答後，使用者用滑鼠點選「下一題」的圖示按鈕，即可進行下一題的施測，亦有「上一題」的功能鍵，當使用者想修正前一題的答案時，便可按下「上一題」重新作答。

圖 2-7　二字詞聲調聽辨測驗正式題目之介面

當答完第 18 題後，系統會出現「恭喜你完成二字詞聽辨測驗」的訊息
（圖 2-8），表示您已經完成二字詞聲調聽辨測驗。如果使用者想檢視自己的
成績，可以從上方「檔案」點選「檢視使用者記錄檔」，了解自己四個聲調的
聽辨成績，圖 2-9 顯示四個聲調聽辨測驗之結果與總通過率。

圖 2-8　二字詞聲調聽辨測驗完成的訊息

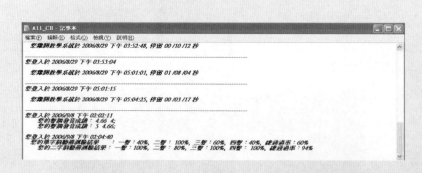

圖 2-9　聽辨測驗後檢視使用者記錄檔之介面

● 第二節　「聲調聽辨練習」與「聽辨課後測驗」軟體之操作

　　當登入系統主畫面後，由上方功能鍵，選擇「教學」後，會出現「聲調聽辨練習」和「聽辨課後測驗」，點入後會出現 20 題與 40 題兩種選項，介面如圖 2-10 所示。

圖 2-10　聲調聽辨練習的介面選項

　　當點進所要練習之題數後，便進入聲調聽辨的練習介面（圖 2-11），所有練習題目均為「單字」聲調聽辨，受試者必須點選所播放之聲調，答案為四選一之選項，只有聲調符號無聲母韻母，企鵝下方為播放鍵。當使用者按下所聽到的聲調，確定後按下「作答」鍵，該按鍵會反白，如果答對，右上方會出現一個笑臉，此時「下一題」的選項反黑，表示可以按鍵使用，如圖 2-12 所示，如此才可繼續進行下一題測驗。當答錯時，右上方會出現一個男子的圖樣並顯示：「答錯了，再聽一次！」的字樣（圖 2-13），受試者必須答對題目出現笑臉後，才能再進行下一題的作答。此軟體主要目的為訓練四個聲調的區

辨能力，因此，系統設定每題須答對後，才可以進行「下一題」作答，亦即受
試者在答錯的情況下，「下一題」的選項反白，無法使用此按鍵，使用者必須
繼續練習直到正確，答對後介面出現笑臉，「下一題」的功能鍵立即反黑，回
復按鍵功能，上方隨時會顯示「目前通過的題數」。

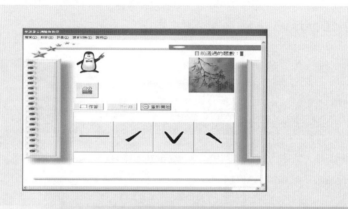

圖 2-11　聲調練習題庫介面

圖 2-12　聲調練習題庫答對的回饋介面

圖 2-13　聲調練習題庫答錯的回饋介面

　　使用者在完成聲調練習題庫後，建議使用「聽辨課後測驗」做為學習評量。此系統主要目的是用於了解使用者之學習成效，測驗得分可做為受試者的具體回饋，測驗方式與介面同評量之單字詞部分，但施測方式均為隨機出題，測驗題數包括 20 題、40 題供選擇。課後測驗的題目已排除聲調聽辨測驗的題目，使用者按下播音員後，點選所聽到的聲調，確認後按「下一題」繼續作答，見圖 2-14。「課後測驗」是測驗的型態，因此，作答過程無任何回饋，受試作答完畢後，可以使用「檢視使用者記錄檔」察看四個聲調的得分。

圖 2-14　聽辨課後測驗之介面

CHAPTER 3

「聲母、韻母教學」軟體之操作

● 張小芬

● 第一節　系統介面之說明

　　聲母、韻母教學軟體主要分成靜態圖片和動態的實際教學兩個部分，靜態教學為「發音口腔正面圖」與「發音器官側面圖」。發音口腔正面圖包括：上齒、齒槽、軟顎、下唇、上唇、硬顎、懸雍垂、下齒等；發音器官側面圖含：鼻腔、口腔、齒、唇、舌尖、咽、喉頭、齒齦、硬顎、軟顎、小舌、舌根、聲門、氣管等，見圖 3-1 為中文介面，圖 3-2 為英文介面。此圖為發音之重要部位，教學者或學習者可以隨時透過教學的主選單，點選此圖來加強、確認影片中手語老師所指的發音部位。指導發音常需有輔助的口腔部位圖，輔助說明正確的發音方式。因此，就教學者而言，雖然只是一個靜態的圖片，但也是一項重要的資源；就學習者而言，當使用真人發音教學影片時，對於教學者所指的部位有疑問，也可以隨時進入查詢，有助於學習。

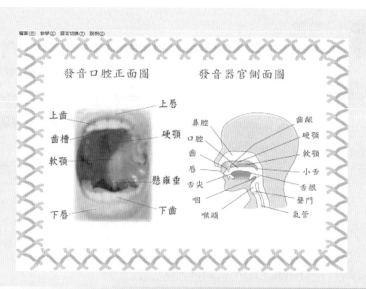

圖 3-1　發音口腔正面圖與發音器官側面圖中文介面

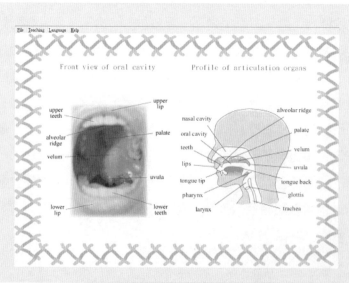

圖 3-2　發音口腔正面圖與發音器官側面圖英文介面

　　動態教學分成三個視框，使用者點選聲母或韻母教學後，會出現聲母或韻母所有的音素，聲母選項含：爆破音、擦音、塞擦音、鼻音、邊音等五項；韻母練習含：單韻母、複韻母、聲隨韻母、捲舌韻母等。當點選任何標的音後，右上方的欄框立即會出現該音之嘴形發音正面圖，正面圖旁之「發音示範」鍵為重複聽取該標的音之按鍵。播放時，右下方的欄框也會出現該音之發音側面動畫圖，如果使用者想了解該音的發音方式，左下方為影片教學，按下播放鍵後，便可觀賞真人之教學說明，播放中若想中斷，只要按一次停止播放鍵即可，見圖 3-3。系統中鑲嵌 MacroMedia 的 FlashPlayer 元件，所以使用者若發現看不到發音系統的動畫時，請記得檢查電腦中是否有安裝 FlashPlayer 和預設的系統資料夾位置是否錯誤。系統也提供英文介面，對於非以華語為母語者，是學習華語發音極佳的輔助工具，見圖 3-4。

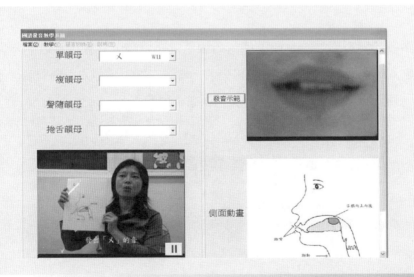

圖 3-3　聲母、韻母發音教學系統中文介面圖

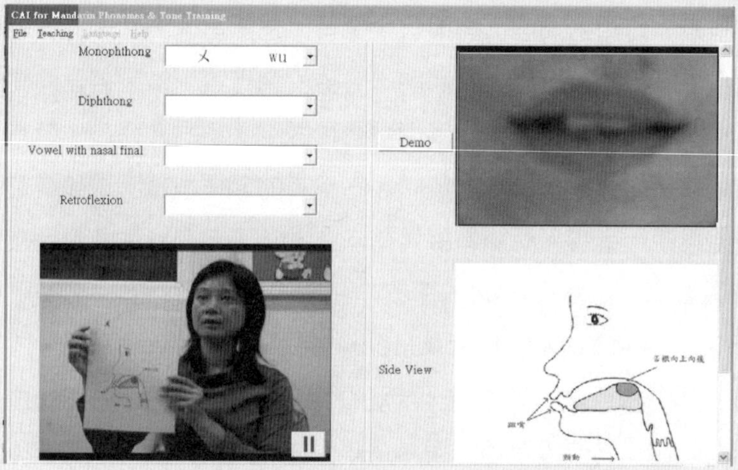

圖 3-4　聲母、韻母發音教學系統英文介面圖

　　系統的另一項功能是儲存使用者練習之記錄檔，只要從系統上方之「檔案」點入，選取「檢視使用者記錄檔」，電腦立即出現登入與離開教學系統之日期、時間，系統提供中、英文的記錄檔，見圖 3-5、3-6。

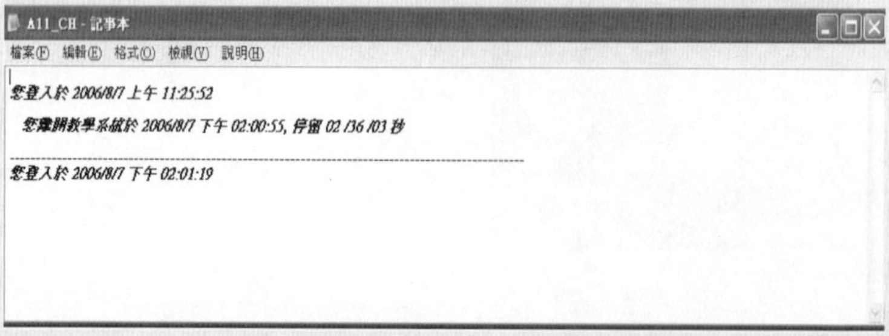

圖 3-5　聲母、韻母教學系統之使用者中文記錄檔

圖 3-6　聲母、韻母教學系統之使用者英文記錄檔

● 第二節　聲母教學之操作

　　子音（聲母）教學方式，包括動態的正面圖、側面動畫圖與真人發音示範，側面動畫圖除舌位外，還標有送氣的方式。如果要練習子音，可以從最上方的選項進入，點選「聲母發音教學」，會出現爆破音、擦音、塞擦音、鼻音、邊音等選項。當點選其中一個選項，便進入所要練習的子音選項，使用者進一步選擇練習的標的音，例如：選擇爆破音，會出現：（ㄅ）、（ㄆ）、（ㄉ）、（ㄊ）、（ㄍ）、（ㄎ）：擦　音：（ㄙ）、（ㄕ）、（ㄈ）、（ㄖ）、（ㄒ）、（ㄏ）：塞擦音：（ㄗ）、（ㄘ）、（ㄓ）、（ㄔ）、（ㄐ）、（ㄑ），鼻音（ㄇ）、（ㄋ）：邊音（ㄌ）等選項，如圖 3-7，為擦音的中文選項介面，圖 3-8 為爆破音之英文選項介面。當按下標的音後，便可進行該音的練習：子音的教學影片，特別針對易混淆的對比音進行說明，例如：（ㄅ）和（ㄆ）、（ㄉ）和（ㄊ）、（ㄍ）和（ㄎ）、（ㄗ）和（ㄘ）、（ㄙ）和（ㄕ）的區別，有助於對於這些易混淆音的學習。

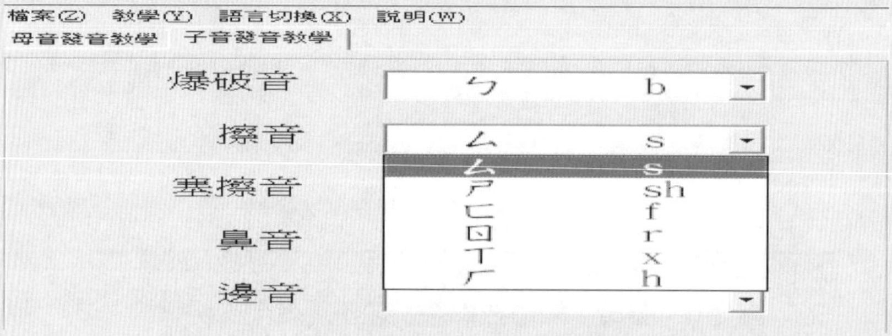

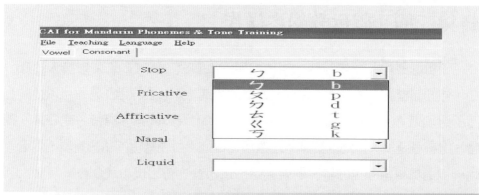

圖 3-7　子音發音教學之擦音中文選項介面

圖 3-8　子音發音教學之爆破音英文選項介面

● 第三節　韻母教學之操作

當點選「發音教學」的選項，韻母發音教學會出現單韻母、複韻母、聲隨
韻母、捲舌韻母等選項，當點入其中一個選項後，便可以選擇所要練習的韻
母，例如選擇單韻母，會出現：（一）、（ㄨ）、（ㄩ）、（ㄚ）、（ㄛ）、
（ㄜ）、（ㄝ）；複韻母：（ㄞ）、（ㄟ）、（ㄠ）、（ㄡ）；聲隨韻母：

（ㄢ）、（ㄣ）、（ㄤ）、（ㄥ）：捲舌韻母（ㄦ）等選項，如圖 3-9 為單韻母的中文選項介面，圖 3-10 為英文介面。當按下標的音後，便可以進行該音的練習，畫面會出現動態的發音正面圖與發音的側面圖，發音側面圖多數是靜態的畫面，但如果是複韻母，也就是該音是由一個音迅速滑到另一個音，那麼側面圖便會呈現一個動態的舌頭運作，使用者可以反覆聆聽，並觀看發音的唇形、口腔與舌頭的運作。例如，圖 3-11 是點選（ㄠ）的音，可以看到嘴巴的動作是張開再合攏呈小圓形，而發音側面圖則呈現舌頭先向下降，然後舌根向上向後，會感覺舌面的這個位置比其他部分更緊張，稱為舌高點，也就是舌頭最高點的位置；畫面之舌根有一橘色標記，即為舌高點，用以強調此音的舌頭位置。此為一個連續的動畫呈現，事實上是從ㄚ迅速滑到ㄨ的音，口形由大到小緊密合成一個音，發出（ㄠ）的音。除正面圖與側面圖教學外，當使用者需要進一步了解發音的技巧時，可以點選左下方之真人教學影片，發音示範影音的說明包括口語、手語與字幕輔助，使用者只要點選要練習的標的音，並按下觀看該標的音的影片，立即會出現該音的教學。

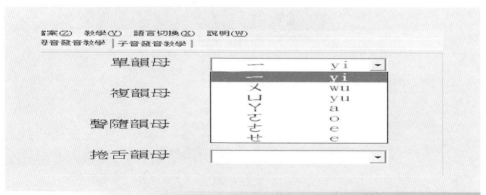

圖 3-9　母音發音教學之單韻母中文選項介面

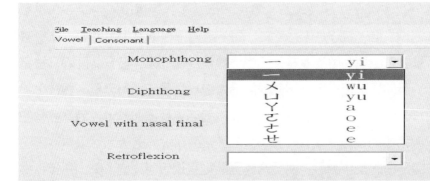

圖 3-10　母音發音教學之單韻母英文選項介面

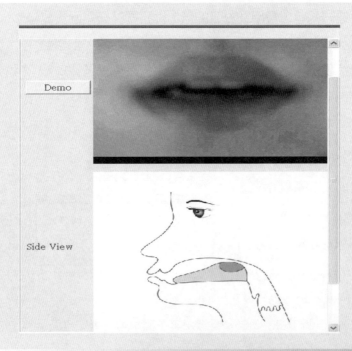

圖 3-11　「ㄠ」音之正面圖與側面圖（動畫）

CAI

第二部分
華語聲韻調測驗與教學

CHAPTER 4

聲調測驗與教學

● 張小芬

● 第一節　聲調唸讀測驗與題庫教學

一、聲調唸讀測驗 ||||

　　聲調唸讀的評量結果是否能反應受試者的聲調能力，需考慮的要素有二：一是評分的標準，二是聲調的語料。評分的標準是對於聲調下降、上揚的變化做判斷，需考慮評鑑的項目多寡與評分標準，評量過程是否可以客觀、明確地區辨聲調之間的差異，這些因素均會影響評量的準確性；而語料是否可以反應出真實的聲調能力也是重點，過去聲調的研究大都以字調研究為主，用語詞為語料較為少見。以音素層次作為說話樣本，不符合日常的說話情境，音節層次比較適用於漢語，所以研究者曾在過去的研究中（張小芬、古鴻炎、吳俊欣，2004），使用自編的「華語語詞聲調評量表」作為研究工具。語詞聲調是指由兩個國字所組成的詞，兩字的組合依據「第一聲」、「第二聲」、「第三聲」、「第四聲」的所有組合，但不含 [33] 聲調的組合，因為二個三聲連發的語詞，第一個三聲會變調為二聲，亦即為 [23] 聲調的組合，所以共有 15 種

語詞聲調類型。語詞聲調依聲調在前在後的位置組合如下：

第一聲在前的組合：[11] [12] [13] [14]；一聲在後的組合：[11] [21] [31] [41]；

第二聲在前的組合：[21] [22] [23] [24]；二聲在後的組合：[12] [22] [32]

[42]；第三聲在前的組合：[31] [32] [34]；三聲在後的組合：[13] [23] [43]；

第四聲在前的組合：[41] [42] [43] [44]；四聲在後的組合：[14] [24] [34] [44]。

編製依照二個字詞的 15 種語詞聲調組合設計，編製的原則包括：

1. 語詞選取原則必須符合簡單、具體常用之語詞，因此編製時特別挑選簡易的名詞做為語詞樣本。

2. 為考慮電腦語詞切音的問題，設計時特別將第二個語詞以子音做為開始，但刪除具有半母音或鼻音的子音。

3. 語詞之聲調組合共有 16 種，唯華語 [33]語詞需變調為[23]，因此實際上有 15 種組合的語詞聲調類型：[11] [12] [13] [14] [21] [31] [41] [22] [23] [24] [32] [42] [34] [43] [44]，施測語詞之聲調組合順序為隨機方式，施測題目依序為：冰棒、熨斗、帆船、肥皂、小熊、草地、崖谷、愛心、卡車、燈塔、西瓜、圍巾、照片、拼圖、氣球，圖檔見圖 4-1。此「華語語詞聲調唸讀測驗」的題項，使用電腦簡報的方式製作，一次只出現一個圖案與語詞，圖 4-1 為 15 個語詞圖片之投影片瀏覽顯示圖，此簡報檔置於光碟之系統檔案資料夾中。

圖 4-1　華語語詞聲調唸讀測驗簡報檔

二、聲調唸讀題庫的建製 ||||

　　題庫語料包括單字詞、二字詞、三字詞以及四字詞，字詞的選擇以簡單、有意義、熟悉的字音為主。單字詞分四個聲調練習，每個聲調以主元音（ㄧ、ㄨ、ㄩ、ㄚ）為聲韻（見表 4-1）：二字詞有 16 種不同的組合方式，每一種組合皆有 25 個語詞，共有 400 個二字詞（見表 4-2）：三字詞有 64 種組合，每一組合包括 10 種語詞，共有 640 個三字詞（見表 4-3）：四字詞有 16 種組合方式，每一種組合有 20 個語詞，共有 320 個四字詞（見表 4-4）。課程編排按照聲調學習難易度編輯，共有 10 課，最後並有各種聲調之三字詞與四字詞綜合練習，課程編排如表 4-5，編輯原理詳見本節三之說明。題庫語料之語音檔，錄音者為海洋大學通識中心樊慶蘭助教，錄音者之音色響亮口齒清晰、華語發音正確，所有語音均在海洋大學無響室錄製，使用指向式麥克風以 cool edit 軟體進行錄音與語音編輯。系統介面之使用，包括音檔、文字檔與圖檔，文字檔包括國字與注音，而圖檔因受限於詞彙的種類，只有二字詞有相對應之圖檔，聲調教學操作程式，詳見第一章第四節。

表 4-1　單字詞聲調語料

[1]	衣ㄧ，屋ㄨ，啊ㄚ，淤ㄩ
[2]	宜ㄧˊ，魚ㄩˊ，無ㄨˊ
[3]	五ㄨˇ，雨ㄩˇ，椅ㄧˇ
[4]	育ㄩˋ，物ㄨˋ，義ㄧˋ

表 4-2　二字詞聲調語料

[11]	青蛙，高山，飛機，功夫，貓咪，公雞，西瓜，香蕉，醫生，沙發，沙堆，傷心，餐桌，天空，珍珠，登山，春天，冬天，秋天，公車，機車，咖啡，書包，香菇，刀叉。
[12]	犀牛，拼圖，蕃茄，拖鞋，天平，鋼琴，軍人，敲門，衣服，青年，花園，櫻桃，班級，科學，公園，森林，清涼，香腸，家庭，中國，開學，開門，花瓶，安全，舒服。
[13]	屋頂，喝水，出口，花朵，煙火，分享，奔跑，開始，膠水，溫暖，貼紙，高手，山頂，方法，公主，鉛筆，雙手，吸管，衣領，書本，家裡，香水，肩膀，冰水。
[14]	天上，方向，風向，拍照，衣架，吃飯，蔬菜，生氣，失望，花豹，膠帶，發現，工作，書櫃，音樂，黑色，雞蛋，書信，發票，生日，鄉下，說話，窗戶，鈔票，書架。
[21]	南瓜，河邊，皮包，玫瑰，讀書，吉他，圍巾，魚缸，牙刷，文章，園丁，時間，黃昏，爬山，蓮花，時鐘，茶包，房間，樓梯，學生，洋裝，前方，服裝，荷花，圖釘。
[22]	蝴蝶，河流，白鵝，葡萄，眉毛，彈琴，陀螺，划船，茶壺，廚房，同學，籃球，郵局，楊桃，綿羊，童年，圓形，檸檬，涼鞋，石油，國王，紅茶，皮鞋，榴槤，兒童。
[23]	河水，游泳，蘋果，糖果，流血，騎馬，牙齒，危險，朋友，郵筒，牛奶，成長，滑水，滑雪，滑倒，滑鼠，食品，晴朗，頭髮，鼻孔，鴕鳥，農場，白板，白雪，模仿。
[24]	長褲，長袖，白色，毛線，圖畫，紅色，黃色，郵票，難過，學校，回去，活動，遊戲，微笑，肥皂，植物，藍色，回憶，強壯，橘色，城市，圖案，鞋架，童話，皇后。
[31]	草蝦，小雞，母雞，土司，果汁，剪刀，眼睛，泳衣，紙張，緊張，馬靴，小心，水滴，餅乾，老師，柳丁，海鮮，打針，母親，火車，水鴨，火山，紙巾，洗衣，手機。

表4-2　二字詞聲調語料（續）

[32]	雨鞋，奶瓶，口紅，恐龍，草莓，彩虹，髮夾，草原，雪人，死亡，女孩，小學，小河，羽毛，養蟲，海豚，起來，海洋，百合，買魚，打球，寶石，火球，起床，臉紅。
[33]	早起，小狗，左手，洗澡，筆筒，老虎，老鼠，洗手，小鳥，指甲，手指，手錶，水桶，水果，水彩，小雨，拇指，馬桶，雨水，海水，保管，雨傘，水餃，海底，洗澡。
[34]	海上，寫字，草地，可愛，跑步，起立，口袋，眼鏡，走路，手套，斗笠，冷氣，美夢，海芋，馬路，卡片，美麗，美術，米飯，炒飯，短袖，烤肉，可樂，飲料，景物。
[41]	大家，布丁，蛋糕，唱歌，受傷，汽車，電梯，電鍋，放鬆，麵包，愛心，日出，襯衫，夏天，父親，社區，電燈，士兵，倒車，炸雞，撞車，電車，大衣，逛街，便當。
[42]	泡茶，貝殼，鳳梨，釣魚，太陽，蠟燭，氣球，上學，練習，作文，蛋殼，笑容，硯臺，駱駝，布鞋，電池，數學，飯盒，地圖，夕陽，企鵝，日期，地球，月球，綠茶。
[43]	右手，入口，電腦，蠟筆，漢堡，戒指，下雨，握手，玉米，色紙，賽跑，翅膀，地板，報紙，笑臉，跳舞，綠水，拜訪，電影，夜晚，大海，廁所，課本，大臉，敬禮。
[44]	上課，故事，下課，樹上，認字，上面，下面，泡泡，大象，電話，電視，護士，再見，坐下，力量，快樂，電扇，世界，教室，漂亮，月亮，外套，月曆，日記，漫畫。

表 4-3　三字詞聲調語料

[111]	新書包，天空中，堆沙堆，真功夫，天黑黑，搭飛機，登高山，吃西瓜，深呼吸，追公車。
[112]	推開門，新衣服，溼衣服，天空晴，秋天涼，沙發床，公雞啼，貼春聯，中秋節，刷刷牙。
[113]	拍拍手，沙堆裡，冬天冷，登山頂，貼貼紙，拍肩膀，剛開始，噴香水，張開口，多喝水。
[114]	聽音樂，公車上，擦窗戶，吃雞蛋，說說話，新發現，拍拍照，真生氣，高山上，開書店。
[121]	星期天，牽牛花，花園中，科學家，聽兒歌，多讀書，蕃茄汁，新皮包，穿洋裝，砂石車。
[122]	新同學，花蝴蝶，冰淇淋，踢足球，生活忙，青年人，喝紅茶，穿涼鞋，三年級，安全門。
[123]	新年好，科學館，天文館，森林裡，心情好，喝牛奶，說國語，吃蘋果，挖鼻孔，蔥油餅。
[124]	星期六，金黃色，真得意，開學日，多活動，貼郵票，加油站，消防隊，安全帽，推一下。
[131]	捉小雞，阿里山，說早安，新老師，真好吃，花朵香，溼紙巾，吃土司，穿泳衣，喝果汁。
[132]	抓鯉魚，阿美族，真好玩，鉛筆盒，真可惜，仙女鞋，吃起來，三角形，香水瓶，雙眼皮。
[133]	吸血鬼，修指甲，多洗手，吃水餃，摸小狗，三角板，三角鐵，瞇起眼，吃水果，刷馬桶。
[134]	真可愛，多可愛，多美妙，真好看，身體壯，風很大，乖寶貝，真好笑，吹冷氣，出口處。
[141]	蔬菜區，飛上天，公事包，說一說，音樂家，喝熱湯，吃布丁，切蛋糕，搭電車，機會多。
[142]	天氣晴，公告欄，說不完，音樂盒，真負責，多練習，開大門，吃鳳梨，新地圖，真特別。

表 4-3　三字詞聲調語料（續）

[143]	金字塔，拖地板，翻課本，拍電影，吃漢堡，相信我，資料少，喝汽水，天氣好，優酪乳。
[144]	聽故事，新月曆，吹泡泡，新教室，真漂亮，說故事，丟垃圾，接力賽，接電話，音樂會。
[211]	爬高山，摺飛機，白珍珠，求平安，期刊區，玫瑰花，摩托車，拿刀叉，學功夫，黃書包。
[212]	迎新年，玩飛盤，拿出來，讀書人，彈鋼琴，長方形，玩拼圖，摩天輪，來花園，來開門。
[213]	圖書館，時間表，學英語，爬屋頂，停車場，拿書本，聞香水，黏貼紙，房間裡，讀書好。
[214]	陽光下，梅花鹿，荷包蛋，平交道，明天見，黃昏後，時間快，拿資料，沒希望，回鄉下。
[221]	綿羊多，同學間，白皮膚，甜甜圈，葡萄汁，黃皮包，彈吉他，拿圍巾，沒成功，學兒歌。
[222]	毛毛蟲，學划船，搖搖頭，難為情，綿羊油，蝴蝶結，維尼熊，童年時，划划船，牛魔王。
[223]	竹林裡，學游泳，拔牙齒，流鼻水，來玩耍，拔頭髮，男朋友，騎白馬，學滑雪，紅蘋果。
[224]	玩遊戲，微微笑，頑皮豹，人行道，連連看，疊羅漢，停不住，純白色，園遊會，長毛象。
[231]	滑板車，量體溫，航海家，魔法師，游泳圈，蘋果汁，拿剪刀，沒有車，游泳區，晴朗天。
[232]	螢火蟲，頭髮長，無尾熊，沒有人，牛奶糖，游泳池，平底鞋，迷你裙，紅寶石，白羽毛。
[233]	圓滾滾，農場裡，原子筆，勤洗手，紅雨傘，提水桶，流口水，黃手錶，塗指甲，常洗澡。
[234]	紅領帶，芒果樹，長頸鹿，量體重，博覽會，白米飯，頭頂上，獨角獸，滑水道，急診室。

表 4-3　三字詞聲調語料（續）

[241]	一座山，玩具區，一陣風，一束花，皮肉傷，一扇窗，紅綠燈，紅豆湯，停看聽，魔術師。
[242]	搖又搖，忙不停，學跳繩，一座橋，油菜園，植物園，合唱團，遊樂園，服務員，不困難。
[243]	學跳傘，博物館，魚市場，查字典，學電腦，遊淡水，陪伴我，習慣好，遊樂場，不要走。
[244]	別忘記，原地跳，同樂會，行道樹，學畫畫，茶葉蛋，來上課，黃外套，留電話，不下課。
[311]	小花貓，點心區，滿天飛，小青蛙，好開心，果汁機，滿天星，很開心，等公車，紙飛機。
[312]	好消息，洗衣服，小昆蟲，小黑熊，許多人，娶新娘，口香糖，母親節，買衣服，小公園。
[313]	很辛苦，小花狗，好方法，小心點，眼睛小，小公主，手牽手，手拉手，老師好，小幫手。
[314]	很生氣，採花蜜，剪花木，早餐店，眼睛大，寫書信，好音樂，煮雞蛋，火山洞，小吃店。
[321]	小紅花，小河中，走迷宮，老漁翁，草莓汁，旅行家，柳橙汁，粉紅衣，小房間，補習班。
[322]	找皮球，猛搖頭，剪羊毛，美人魚，喜洋洋，警察局，火柴盒，隱形人，找白雲，好無聊。
[323]	小圓點，小河裡，小朋友，好朋友，小黃鳥，馬鈴薯，剪頭髮，彩虹筆，往前走，小王子。
[324]	草原上，小時候，小紅帽，土黃色，很不錯，老和尚，好習慣，粉紅色，手提袋，等一下。
[331]	兩朵花，小草蝦，洗碗精，小雨蛙，百寶箱，很緊張，眨眼睛，飲水機，忍者龜，保險箱。
[332]	兩朵雲，水果茶，小恐龍，找找人，小草莓，打打球，買買魚，好女孩，晚起床，指甲油。

表 4-3　三字詞聲調語料（續）

[333]	小螞蟻，小水桶，好想你，剪指甲，臉很小，買水果，好勇敢，小雨傘，你很好，請等我。
[334]	好可愛，有草地，小角落，打領帶，寫考卷，好想睡，有禮貌，你很棒，水果店，減減看。
[341]	很陌生，小樹蛙，廣告單，土地公，很認真，我會飛，有一天，果菜汁，冷氣機，海岸邊。
[342]	滾下來，很幸福，寶特瓶，寫作文，找地圖，眼鏡蛇，撿貝殼，好特別，買鳳梨，小氣球。
[343]	了不起，比一比，小袋鼠，走一走，小木偶，筆記本，彩色筆，打電腦，想念你，手握手。
[344]	小故事，講故事，小動物，打電話，小事件，走錯路，草地上，講電話，巧克力，寫作業。
[411]	大公雞，坐飛機，亮晶晶，笑嘻嘻，大塞車，電冰箱，熱咖啡，看醫生，蛋花湯，放風箏。
[412]	不休息，過新年，賀新年，不心急，大鯨魚，太空船，外星人，父親節，麥當勞，正方形。
[413]	倒開水，衛生紙，大家好，怕吃苦，愛喝水，看煙火，賣香水，一開始，在家裡，大音響。
[414]	麵包店，要說話，放鞭炮，過山洞，錄音帶，電燈泡，易開罐，第一棒，幻燈片，辦公室。
[421]	唱兒歌，地球村，在河邊，橡皮擦，橡皮筋，壞學生，快離開，右前方，泡茶包，去讀書。
[422]	大皮鞋，一年級，向前行，按門鈴，上學期，不明白，大提琴，壞同學，大白鵝，要團結。
[423]	做朋友，賀年卡，過年好，樹林裡，校門口，特別好，去農場，不學好，壞牛奶，掉頭髮。
[424]	不一樣，大毛襪，上學校，看一看，唸一唸，跳一跳，放寒假，愛微笑，要不要，建築物。

表 4-3　三字詞聲調語料（續）

[431]	一朵花，不倒翁，坐火車，不小心，印表機，木乃伊，大卡車，去海邊，不喜歡，下雨天。
[432]	電影城，大水牛，更好玩，站起來，看起來，淡水河，稻草人，去旅遊，熱水瓶，大恐龍。
[433]	最勇敢，送給我，戴手錶，大水桶，一把傘，賣水餃，愛洗澡，下小雨，要早起，不洗手。
[434]	更懂事，送禮物，滅火器，要考試，去掃墓，要起立，更可愛，太感動，電影院，電腦課。
[441]	看日出，麥克風，外太空，電視機，漫畫書，故事書，計算機，帶便當，愛唱歌，垃圾車。
[442]	慢慢爬，電話亭，坐下來，動物園，大自然，熱氣球，大暴牙，大蛀牙，棒棒糖，熱帶魚。
[443]	對不起，上廁所，電話卡，送報紙，看報紙，看電影，日記本，垃圾桶，快一點，菜市場。
[444]	大樹下，看照片，放假日，去看病，最重要，地下道，上課去，畫漫畫，下課後，看電視。

表 4-4　四字詞聲調語料

[11]開頭	東方世界，金光閃閃，天天開心，哈哈大笑，吃吃喝喝，說說笑笑，三心二意，千方百計，高高低低，彎彎曲曲，滴滴答答，花開花落，生生不息，千千萬萬，欣欣向榮，輕輕柔柔，敲敲打打，西方文化，鄉間小路，安安靜靜。
[12]開頭	千奇百怪，清涼爽快，天晴雨過，英雄本色，心直口快，親情可貴，經常早到，山明水秀，街頭小巷，清涼飲料，聰明可愛，生活常識，衣食無缺，屋前屋後，多才多藝，非常方便，充實生活，新年快樂，非常有趣，安全可靠。

表 4-4　四字詞聲調語料（續）

[13]開頭	風土民情，東找西找，心想事成，拍手歡呼，充滿笑聲，東倒西歪，忽左忽右，心滿意足，身體力行，花草樹木，增廣見聞，屋頂積水，公主王子，分享喜悅，充滿香味，開始比賽，花朵盛開，山頂很冷，喝水解渴，恭喜發財。
[14]開頭	心曠神怡，張大眼睛，分送糖果，七上八下，幽默大師，科技發達，科幻故事，機會來臨，窗戶打開，生日快樂，安靜看書，工作很多，資料豐富，音樂美妙，說話小心，蔬菜水果，希望很大，黑色墨水，拍照地點，歡樂歌唱。
[21]開頭	奇花異草，人間仙境，晴空萬里，藍天白雲，十分美麗，時光匆匆，白衣天使，從天而降，十分為難，平安吉祥，文章不錯，離開學校，成功失敗，明天下雨，活潑可愛，學生老師，服裝表演，河邊玩水，爬山運動，湖光山色。
[22]開頭	十全十美，童年生活，人魚公主，迷人動聽，來來回回，藍藍大海，白雲藍天，划船比賽，國王新衣，石油王國，慈祥和藹，學習英語，蝴蝶飛翔，葡萄好酸，涼鞋美麗，國王皇后，紅茶好喝，團結力量，茶壺茶杯，廚房乾淨。
[23]開頭	原始森林，白雪公主，成長茁壯，無比光榮，晴朗天氣，蘋果好吃，騎馬打仗，牙齒流血，國語課本，牛奶麵包，危險地方，無法回家，頭髮很長，糖果太多，門口跌倒，沒有作業，朋友逛街，流血受傷，無法唱歌，無影無蹤。
[24]開頭	文化中心，一座城堡，一上一下，一去不回，一日千里，忙進忙出，童話故事，活力充沛，一事無成，黃色小花，流浪街頭，年紀輕輕，十字路口，藍色天空，活動時間，白色衣服，奇妙世界，文化交流，皇后國王，一列火車。
[31]開頭	火山爆發，有聲有色，眼睛迷人，打針吃藥，泳衣太小，海鮮好吃，喜歡畫畫，緊張時刻，小心跌倒，每天刷牙，小雞出生，土司很香，果汁牛奶，買新衣服，緊張兮兮，左邊右邊，老師學生，母親辛勞，許多作業，火車誤點。

表 4-4 　四字詞聲調語料（續）

[32]開頭	臉紅心跳，海洋世界，理直氣壯，左鄰右舍，遠離痛苦，此時此刻，火紅太陽，女孩男孩，找人幫忙，友情珍貴，彩虹出現，舉行段考，警察小偷，找不到人，打球運動，買魚回家，百合花開，起床讀書，草莓新鮮，海豚表演。
[33]開頭	海底世界，閃閃發光，左手右手，小鳥吃蟲，手錶漂亮，水果好吃，海水很鹹，整理房間，早起運動，洗手吃飯，老虎兇猛，手指流血，洗澡舒服，手錶不見，小狗小貓，想法特別，水彩畫畫，跑跑跳跳，筆筒裝筆，永永遠遠。
[34]開頭	海上生活，有趣消息，可愛班級，感動心情，趕快出門，美麗花園，美麗安祥，網路世界，百貨公司，美麗芬芳，走路上學，美夢實現，起立敬禮，口袋破洞，烤肉玩水，草地打滾，請勿停車，反應很快，好事多磨，禮物很多。
[41]開頭	又驚又喜，大街小巷，上街買菜，又香又甜，放出光芒，又高又壯，又冰又涼，謝天謝地，大開眼界，便當很香，夏天來臨，唱歌跳舞，目標完成，蛋糕好吃，電燈壞掉，社區活動，布丁甜點，麵包牛奶，受傷流血，一乾二淨。
[42]開頭	一條大魚，變來變去，令人高興，上學時間，練習寫作，太陽好大，氣球破掉，日常生活，未來生活，內容豐富，日期改變，氣球升空，不同世界，自然景觀，笑容洋溢，特別漂亮，不同方向，一盤水果，事情很多，釣魚聊天。
[43]開頭	玉米濃湯，一朵紅花，笑口常開，弄假成真，跳舞時間，一起爬山，自己讀書，讚美學生，一起去玩，一遠一近，自我介紹，悅耳歌聲，夢想實現，一馬當先，廁所很臭，拜訪春天，笑臉迎人，一板一眼，地理位置，電影好看。
[44]開頭	大地風光，做事細心，日日夜夜，上上下下，漂漂亮亮，事事如意，大放光明，四面八方，大大小小，印象深刻，淡淡花香，閉上眼睛，世界各地，目不轉睛，各式各樣，月亮出來，下課時間，教室佈置，祕密基地，快快樂樂。

表 4-5　課程編排

課程	聲調組合
第一課	[1]、[11]、[111]。
第二課	[4]、[44]、[444]。
第三課	[14]、[41]、[114]、[141]、[411]、[144]、[414]、[441]。
第四課	[2]、[22]、[222]。
第五課	[12]、[21]、[112]、[121]、[211]、[122]、[212]、[221]。
第六課	[42]、[24]、[442]、[424]、[244]、[422]、[242]、[224]。
第七課	[3]、[33]、[333]。
第八課	[13]、[31]、[113]、[131]、[311]、[133]、[313]、[331]。
第九課	[43]、[34]、[443]、[434]、[344]、[433]、[343]、[334]。
第十課	[23]、[32]、[223]、[232]、[322]、[233]、[323]、[332]。
第十一課 綜合練習-1 （三字詞）	[12~]、[13~]、[14~]、[21~]、[23~]、[24~]、 [31~]、[32~]、[34~]、[41~]、[42~]、[43~]
第十二課 綜合練習-2 （四字詞）	[11~]、[12~]、[13~]、[14~]、[21~]、[22~]、 [23~]、[24~]、[31~]、[32~]、[33~]、[34~]、 [41~]、[42~]、[43~]、[44~]。

三、課程編排原理 ▋▋▋▋

　　聲調的聲學線索（語音的物理特性），因各個聲調的基頻（fundamental frequency）、時長與振幅不同，會直接影響聽辨的難易程度，多數聲調聽辨的研究，結果均發現二聲與三聲的區辨錯誤率最高（吳明雄，1995；Liu, 2004; Wang et al., 1999; Xu & Pfingst, 2003）。在聲調唸讀方面，三聲最

困難，其次是二聲（梅永人，2000；黃重光，2001），可見二聲、三聲是較一聲、四聲困難，所以在課程架構方面，需要考慮不同聲調的學習難易順序。

四個聲調除了有難易程度差異外，聲調的語料也會影響聲調聽辨與唸讀的難易度，聲調的語料可分為五個層次，分別是：音素（phoneme）、音節（syllable）、語詞（word）、句子及說話（continuous speech），以音素層次作為說話樣本，不符合日常的說話情境，音節層次比較適用於漢語。在漢語單字中，每一個字即是一個音節，語詞層次是最常被使用的語料，因為內容較接近說話，句子較符合實際及語態超音段音素（潘奕陵，1998）。所以訓練題目的選用須顧及單音節詞與多音節詞作為材料，各類語音的選取要盡量包含該語言的各類語音（鄭靜宜，2002；Logan & Pruitt, 1995）。特別是聲調對比對於句子的理解相當重要（Wang et al.,1999）。Liu（2004）研究發現，對比聲調的聽辨方面，二聲與三聲最困難，原因是兩者聲調均具上揚的特質，容易將二聲併入三聲，而一聲與三聲、四聲，前者為高音的平聲，後者為低音的去聲，因此是比較容易區分的對比聲調。根據上述聲調學習的論點，課程除按照聲調難易程度編排外，也考慮對比聲調的練習，以及不同層次的語料，課程編排的方式見表 4-5，編排原則有五：

1. **聲調難易順序**：練習的順序遵循聲調難易程度，由簡至難順序為：一聲、四聲、二聲、三聲。

2. **對比聲調的練習**：進行對比聲調練習前，須先學會單一聲調，才能進入二個不同聲調之對比聲調的練習，例如：進行[14]之對比聲調練習，必須先通過單一聲調一聲與四聲的練習。

3. **對比聲調難易順序**：對比聲調的課程編排，依據聲調難易度做配對，由簡至難的順序，例如：對比聲調[14]比[23]容易，所以二字詞之對比聲調最簡單的是 [14]之對比聲調。如：二聲之單一聲調通過後，其對

比聲調最簡單的是從[12]的對比聲調練習，接下來才是[42]：當三聲學會後，對比聲調的學習順序為[13]、[43]、[23]，二聲、三聲是最難的聲調，所以對比聲調[23]會是最後學習的聲調。

4. **聲調的語料**：訓練均從單音節開始，亦即從字音到字詞的聲調訓練原則，每課之聲調語料均包括單字詞、二字詞、三字詞的多種音節組合，亦即每一課之聲調練習均顧及單音節與多音節詞做為語料的原則。

5. **綜合練習**：四個聲調的綜合練習適用於每個聲調都練習完畢後（第一課～第十課），才進行四個聲調的「綜合練習」，因此，綜合練習編排是以聲調第一聲到第四聲順序排列，而不是以聲調難易度排列，主要是方便使用者點選想練習的聲調。綜合練習的語料為三字詞與四字詞，課程之排列方式，兩者均以前二個聲調之 16 種組合為首，依序排列，其餘聲調則為混合聲調的方式。三字詞與四字詞排列方式為：[11～]、[12～]、[13～]、[14～]、[21～]、[22～]、[23～]、[24～]、[31～]、[32～]、[33～]、[34～]、[41～]、[42～]、[43～]、[44～]，共 16 種，內容詳見表 4-3 與 4-4。

四、聲調軌跡圖之判讀

聲調變化的語音物理特徵有：音頻、音強，以及持續時長等，此三者為決定聲調變化的關鍵。從輸入語音訊號，經過基頻擷取（pitch tracking）之後，便可偵測到一段基頻軌跡（pitch contour），所以華語聲調除經由聽覺辨識外，也可經由聲學的分析轉為視覺方式呈現。本系統之聲調軌跡圖縱軸為頻率，表示聲調的「音高」（pitch），橫軸為時間表示聲調的「音長」（duration），所處理過的音檔，系統會自動計算並暫存於系統中之 pitch.txt 檔案中，聲調的參數值，內容包括：秒數、序號、過零率、音量、頻率值等。

聲調「音高」的變化是指聲音在音階上的高低程度，從聲學的觀點來看便是「基頻」，此音波源於聲帶的振動，「基頻」是以在一定的時間內震動的次數來決定，愈快基頻就愈高，亦即聲調愈高；愈慢基頻就愈低，聲調就愈低。音波震動次數由少到多，就是上揚的聲調；音波震動次數從多到少，就是下降的聲調。音波高低變化所擷取到的頻率值，也就是基頻，以赫茲（Hz）表示；「音長」是指音波形成的時間長度，以毫秒（ms）表示；「音強」是指音波震動的強度，以分貝值（dB）表示。

華語的聲調是指聲音的高低升降的調子，標準華語的聲調分為「陰平」、「陽平」、「上聲」、「去聲」四聲，或用「一聲」、「二聲」、「三聲」、「四聲」來代替。至於輕聲及變調都是詞調，所以不列入字調的四聲裡。華語中的四聲其音高則可分別用高平（high level）、高升（high rising）、低降升（low falling rising）、高降（high falling）來敘述（Chao, 1968）。聲調間的差異性，主要在於基頻軌跡的變化趨勢，如圖 4-2，以「ㄨ」的四個聲調（屋、無、五、物）為例，一聲調的基頻軌跡接近一水平線，二聲調的基頻軌跡是先微降後持續上揚，三聲調的基頻軌跡先平緩下降後再上揚，四聲調的基頻軌跡則是由高處持續下降，此為聲調調形的變化。以下分別就字調、語調、變調，以及不同語料之聲調變化，說明聲調軌跡圖的差異情形。

（一）字音與短句唸讀方式之聲調比較

聲調除字調外，詞有詞調、句有句調、語有語調，各有各的調子。同一個字或詞，說話者以流暢的方式進行，其發出的字之聲調音高、音長，和以一個一個字唸讀情況下是必然不同的。聲調時常會因發音人的特性、音節、語料、唸讀方式不同而有差異，也就是聲調的音高、音長是一個相對的關係而非絕對的數值。以「ㄨ」、「ㄨˊ」、「ㄨˇ」、「ㄨˋ」分開唸讀與合併（連音）唸讀為例，此可從圖 4-2 與圖 4-3 做一個比較，前者以一個字一個字分開唸

讀，後者以不停頓的方式唸讀，同樣二聲在圖 4-2 比圖 4-3 有較為陡峭的揚起，而三聲在圖 4-2 為先降後揚的趨勢，但在圖 4-3 只有下降趨勢。

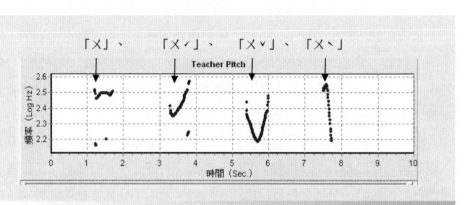

圖 4-2 「ㄨ」、「ㄨˊ」、「ㄨˇ」、「ㄨˋ」分開唸讀

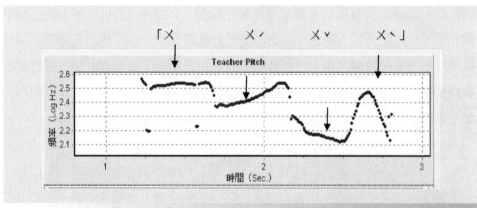

圖 4-3 「ㄨ ㄨˊ ㄨˇ ㄨˋ」合併唸讀

（二）第三聲在前在後之聲調比較與[33]變調

張小芬等人（2004）針對聽障學生之語詞聲調所做的研究，發現二聲和

三聲語詞聲調，會因前後位置的組合不同而有差異，從聲調軌跡圖亦看出兩者的差異。圖 4-4 上方為教師的聲調軌跡圖，下方為一般耳聰學生的聲調軌跡圖，從學生的聲調顯示，三聲都只有下降的趨勢，此與過去聲調的研究是一致的；也就是台灣地區，一般人發三聲的習慣是沒有尾音的上揚，但因與其他三個聲調有明顯的區別，所以即使三聲尾音未上揚也不會造成混淆。教師單獨唸「雨」的聲調時，其聲調軌跡圖有明顯的下降再上揚趨勢，而「雨天」與「天雨」的不同，在於三聲在前與在後的聲調區別；當三聲在前時，聲調軌跡圖尾端並無上揚，而三聲在後的聲調軌跡圖，尾端則有比較明顯的上揚。圖 4-5 的軌跡圖顯示：不論教師或學生以句子的流暢方式唸讀「雨雨天天雨」時，可以看出兩個三聲同時一起時，前一個三聲的聲調會變調為二聲，而三聲在句中或句尾時，都只呈現下降而未有上揚的趨勢。

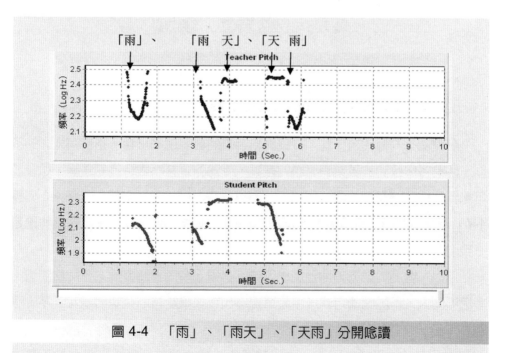

圖 4-4　「雨」、「雨天」、「天雨」分開唸讀

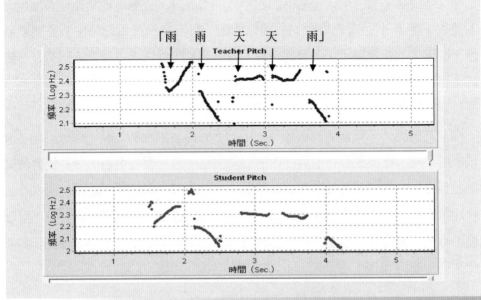

圖 4-5 「雨雨天天雨」流暢唸讀

（三）聲調相同語料不同之聲調比較

若聲調相同但語料不同，從聲調軌跡圖的聲調趨勢來看，不會有太大的不同，因為各個聲調的基頻有明顯的差異，不同的是音高與時長的差異，所以並不影響聲調軌跡圖的判讀。例如：「友情珍貴」與「彩虹出現」（圖4-6與圖4-7）均為[3214]的聲調組合，但語料不同，呈現的軌跡圖，在聲調趨勢圖是一致的。

所以，聲調軌跡圖輔助聲調學習時，必須了解同一個聲調之聲調軌跡圖，會因不同人、不同唸讀方式（字音單獨停頓或連續語音）、語料層次（字、語詞、句子）、語料種類（子音或母音不同），而有不同的音高、音長，且四個聲調各有各的基頻。因此，對於聲調軌跡圖的趨勢而言，基本上並不難區

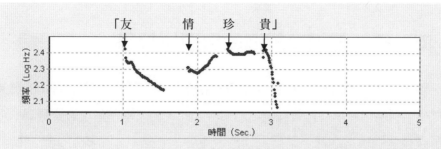

圖 4-6　聲調相同語料不同的聲調軌跡圖——「友情珍貴」

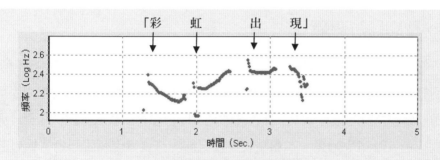

圖 4-7　聲調相同語料不同的聲調軌跡圖——「彩虹出現」

辨，要理解的是，華語聲調變調的結果，[33]是唸成[23]的聲調，而語詞聲調，
也會因聲調前後位置不同而有不同的調值，特別是三聲，雖然單獨字調時有先
降後上揚的特質，但因一般說話的習慣卻都只有下降並未上揚，特別是在四字
詞時，因為比較接近自然說話的短句層次，故軌跡圖幾乎都只有下降的趨勢。
教師應用此軟體進行教學前，如果能對聲調變化的特性有基本的認識，且理解
聲調軌跡圖，會因發音人的特性、音節、聲調的組合、唸讀方式等不同而有差
異，如此，才能提供學生正確的指導，增進學生聲調學習的效果。

第二節　聲調聽辨測驗與題庫教學

　　聲調的學習首先要先學會如何區辨四個聲調的不同，當四個聲調的聽辨能力提高，可能也會增進其聲調唸讀能力。因此，對於學習者之聲調聽辨狀況的了解與聲調聽辨之訓練，是聲調學習很重要的一環。本系統之「聲調聽辨系統」包括：「評量」與「教學」，「評量」係指「聲調聽辨測驗」，「教學」則為「聲調聽辨練習」與「聽辨課後測驗」。

一、聲調聽辨測驗 ▍▍▍▍

　　電腦化「國語聲調聽辨測驗」共 38 題，分成單字詞聽辨與二字詞聽辨，個別施測時，因作答方式簡單，學生可自行上機進行測驗，測試完畢立即可查看各個聲調聽辨的正確率，欲進行團體施測時，亦有測驗紙本提供作答，施測時間約為 10～15 分鐘。本測驗對於篩選國語聲調覺識有困難者是很好的工具。研究樣本：耳聰學生為國小一、二年級學生，共計 752 人；聽障樣本：就讀一般學校之聽障資源班學生，合計 18 人。信度：研究顯示本測驗具有高度內部一致性，折半信度 .80～.82，庫李信度介於.80～.92，再測信度.92（n=40），測驗時間間隔二週。效標關聯效度：本測驗與國語注音符號大會考之成績的相關 r=.70（$p<.01$）；構念效度考驗，耳聰與聽障兒童之聽辨分數，差異達顯著水準t=4.33（$p<.001$），不同聽力損失之兩組聽障兒童，其聲調聽辨分數無差異存在（t=-.736, $p>.05$），聲調聽辨無年齡差異、性別差異；聽辨錯誤率最高的聲調為二聲，最困難的「聲調對比」聽辨為二聲與三聲，符合聲調理論。以上結果顯示本測驗具有良好的效度。

　　系統操作方式見第二章，聲調施測的範例與題目順序如表 4-6，系統施測題型只出現聲調符號，無任何國字與注音。施測時為確定每個聲調都能有最佳

的聽辨表現，建議施測方式為每題聽 3 次、每次間隔時間均為 2 秒，第一部分測驗前提供四個聲調的範例說明：（一）、（ㄨˊ）、（ㄩˇ）、（ㄞˋ），必須確定受試者了解四個聲調的區辨與作答方式後，才開始進行正式施測。第二部分範例共三題，題目選項中包括輕聲的符號，但不列入測驗的聲調。範例一：鴿子、個子（標記網底字者為聽辨之標的音）用以區辨第一聲與第四聲；範例二：收球、手球用以區辨第一聲與第三聲；範例三：拍球、排球用以區辨第一聲與第二聲。

以下為電腦施測指導語之範例，僅供施測人員參考使用，施測時仍應以受試易懂的語詞做說明。

「第一部分單字詞聲調聽辨，作答前請先聽四個聲調的範例，並在四個聲調的欄框中，用滑鼠按一下正確的聲調。好，要開始播放了，請仔細聽，答案共有四個符號（一 ˊ ˇ ˋ）選項，範例一是一聲，所以點選『一』的欄框；範例二到範例四請注意聽，告訴我第幾聲，並點選正確的欄框，若有問題請立刻發問。」

「第二部分二字詞聲調聽辨，作答前請先聽範例，答案為二選一的方式，題目只出現聲調符號無聲母、韻母，請根據所聽到的聲調，在聲調欄框中用滑鼠按一下，確定後按下一題繼續，若仍想更改，須按『上一題』的功能鍵後，再更改答案，這樣了解嗎？要開始播放範例的題目了，請仔細聽，並在正確的聲調欄框中按下滑鼠。」

表 4-6　單字詞與二字詞聲調聽辨之施測題目順序

	單字詞		二字詞（標記網底字者為聽辨之標的音）		
範例	1	一	1	ㄍㄜ ˙ㄗ	ㄍㄜ ˙ㄗ
	2	ㄨˊ			
	3	ㄩˇ	2	ㄗㄡˇ ㄑㄧㄡˊ	ㄗㄡˇ ㄑㄧㄡˊ
	4	ㄞˊ	3	ㄆㄞˊ ㄑㄧㄡˊ	ㄆㄞˊ ㄑㄧㄡˊ
正式題目	1	ㄠˊ	1	ㄊㄢˊ ㄕㄤ	ㄊㄢˊ ㄕㄤ
	2	ㄢˊ	2	ㄑㄧㄥˊ ㄊㄢˊ	ㄑㄧㄥˊ ㄊㄢˊ
	3	ㄨㄢ	3	ㄈㄟ ㄋㄠˊ	ㄈㄟ ㄋㄠˊ
	4	ㄩㄢˊ	4	ㄐㄧㄚ ㄓㄨㄤ	ㄐㄧㄚ ㄓㄨㄤ
	5	ㄈㄟˊ	5	ㄕㄚ ˙ㄗ	ㄕㄚ ˙ㄗ
	6	ㄈㄤˊ	6	ㄧㄠ ㄖㄣˊ	ㄧㄠ ㄖㄣˊ
	7	ㄉㄧˇ	7	ㄧㄠ ㄉㄞˊ	ㄧㄠ ㄉㄞˊ
	8	ㄉㄚˊ	8	ㄏㄡˇ ㄩㄣˊ	ㄏㄡˇ ㄩㄣˊ
	9	ㄊㄧ	9	ㄉㄞˊ ㄔㄜˊ	ㄉㄞˊ ㄔㄜˊ
	10	ㄍㄜˋ	10	ㄉㄚˊ ㄇㄚˊ	ㄉㄚˊ ㄇㄚˊ
	11	ㄎㄜˊ	11	ㄇㄟˊ ㄖㄣˊ	ㄇㄟˊ ㄖㄣˊ
	12	ㄓㄨˊ	12	ㄌㄧˊ ˙ㄗ	ㄌㄧˊ ˙ㄗ
	13	ㄕㄨˊ	13	ㄝˊ ˙ㄗ	ㄝˊ ˙ㄗ

表 4-6　單字詞與二字詞聲調聽辨之施測題目順序（續）

	14	ㄊㄥˊ	14	ㄐㄧˋㄐㄧㄤ	ㄐㄧˋㄐㄧㄤ
	15	ㄉㄡˇ	15	ㄕˊㄆㄣˊ	ㄕˊㄆㄣˊ
	16	ㄐㄢˇ	16	ㄝˋㄊㄠˊ	ㄝˋㄊㄠˊ
正式題目	17	ㄐㄠˇ	17	ㄅㄚˊㄇㄢˊ	ㄅㄚˊㄇㄢˊ
	18	ㄑㄢˇ	18	ㄉㄠˇㄕㄨ	ㄉㄠˇㄕㄨ
	19	ㄑㄥˇ			
	20	ㄒㄧㄝ			

表 4-7 單字詞與二字詞聲調聽辨團體施測用之答案卷

編號：　　　　　年級：　　　　　姓名：　　　　　姓別：□男　□女

第一部分　單字詞聲調聽辨

聲調	1聲	2聲	3聲	4聲
符號 題數	—	ˊ	ˇ	ˋ
範例 1	—	ˊ	ˇ	ˋ
範例 2	—	ˊ	ˇ	ˋ
範例 3	—	ˊ	ˇ	ˋ
範例 4	—	ˊ	ˇ	ˋ

	1聲	2聲	3聲	4聲
1	—	ˊ	ˇ	ˋ
2	—	ˊ	ˇ	ˋ
3	—	ˊ	ˇ	ˋ
4	—	ˊ	ˇ	ˋ
5	—	ˊ	ˇ	ˋ

	1聲	2聲	3聲	4聲
6	—	ˊ	ˇ	ˋ
7	—	ˊ	ˇ	ˋ
8	—	ˊ	ˇ	ˋ
9	—	ˊ	ˇ	ˋ
10	—	ˊ	ˇ	ˋ

	1聲	2聲	3聲	4聲
11	—	ˊ	ˇ	ˋ
12	—	ˊ	ˇ	ˋ
13	—	ˊ	ˇ	ˋ
14	—	ˊ	ˇ	ˋ
15	—	ˊ	ˇ	ˋ

	1聲	2聲	3聲	4聲
16	—	ˊ	ˇ	ˋ
17	—	ˊ	ˇ	ˋ
18	—	ˊ	ˇ	ˋ
19	—	ˊ	ˇ	ˋ
20	—	ˊ	ˇ	ˋ

第二部分　二字詞聲調聽辨

範例 1	— ˋ / •　•
範例 2	— ˇ / ˊ ˊ
範例 3	— ˊ / ˊ ˋ
1	— ˊ / ˋ ˋ
2	— ˊ / — —
3	— ˊ / ˇ ˋ
4	— ˇ / — —
5	— ˇ / •　•

6	— ˇ / ˊ ˊ
7	— ˋ / ˋ ˋ
8	— ˋ / ˊ ˋ
9	— ˋ / ˊ ˇ
10	ˋ ˋ / ˊ ˇ
11	ˊ ˇ / ˊ ˊ
12	ˊ ˇ / •　•
13	ˊ ˋ / •　•

14	ˊ ˋ / ˋ ˋ
15	ˊ ˋ / ˇ ˊ
16	ˊ ˋ / ˇ ˇ
17	ˇ ˋ / ˊ ˊ
18	ˇ ˇ / ˇ ˋ

二、聲調聽辨題庫教學 ▌▌▌

　　聲調聽辨題庫的建製，主要目的是提供聲調聽辨有困難者，可以藉由題庫反覆練習區辨聲調的不同，使用者答題後電腦自動給予對錯之立即回饋。聲調聽辨題庫均以單字音為題目，四個聲調的聽辨選取之單字詞原則如下：

1. 字音的選擇盡量涵蓋各種子音與母音的組合。
2. 字音出現在二年級以下的華語讀本中。
3. 四個聲調均為有意義的字音，且字音為簡單之常見字音。
4. 四個聲調分配之次數均等。

本系統之聲調聽辨題庫根據上述原則所選取之單字音包括：

1. 單韻母：「一」、「ㄨ」、「ㄩ」、「ㄞ」。
2. 結合韻：「一ㄠ」、「一ㄢ」、「一ㄣ」、「一ㄤ」、「一ㄡ」、「一ㄝ」、「ㄨㄟ」、「ㄨㄢ」、「ㄨㄤ」、「ㄩㄢ」。
3. 子音：「ㄓ」、「ㄔ」、「ㄕ」。
4. 子音加母音：「ㄅ一」、「ㄅㄚ」、「ㄆ一」、「ㄆㄥ」、「ㄇ一」、「ㄇㄚ」、「ㄈㄚ」、「ㄈㄟ」、「ㄈㄢ」、「ㄈㄤ」、「ㄌ一」、「ㄌㄨ」、「ㄉㄚ」、「ㄊ一」、「ㄊㄨ」、「ㄊㄠ」、「ㄍㄜ」、「ㄎㄜ」、「ㄏㄨ」、「ㄐ一」、「ㄐㄩ」、「ㄑ一」、「ㄒ一」、「ㄒㄩ」、「ㄓㄨ」、「ㄔㄨ」、「ㄔㄡ」、「ㄘㄞ」、「ㄕㄨ」、「ㄔㄤ」。
5. 子音加結合韻：「ㄊㄨㄥ」、「ㄉ一ㄡ」、「ㄏㄨㄟ」、「ㄏㄨㄤ」、「ㄐ一ㄝ」、「ㄐ一ㄠ」、「ㄐ一ㄚ」、「ㄑ一ㄢ」、「ㄑ一ㄥ」、「ㄑㄩㄢ」、「ㄒ一ㄝ」、「ㄒ一ㄥ」、「ㄒ一ㄤ」。

題庫共有 60 個字音，每個字音都包括四個聲調，合計共有 240 個字音，其中 20 題因已用於「聽辨測驗」之正式施測題目，所以扣除後，聲調聽辨題庫合計共 220 題。題庫練習與課後測驗的選項均包括 20 題與 40 題，播放時從題庫中隨機抽取，但四個聲調的出現次數均等，學習者可以反覆練習，課後測驗練習完畢，立即可使用「檢視使用者記錄檔」察看四個聲調的得分。此聲調聽辨練習與課後測驗，有助於學習者熟悉各種聲母、韻母組合的聲調變化，以提升不同聲調的區辨能力。

CHAPTER 5

聲母、韻母
測驗與教學

● 張小芬

● 第一節　發音綜合測驗

　　華語發音的學習包括聲韻調，前章為聲調的學習，本章為聲韻母發音的學習，使用者若要評量華語聲韻調的發音情形，建議使用「發音綜合測驗」評量表（表5-2）與「發音綜合測驗簡報檔」（圖5-1）作為施測工具。此發音綜合評量內容，特別挑選簡易的名詞做為語詞樣本，設計原則符合簡單、具體常用之語詞，每個詞除注音外均有圖卡，做為唸讀的材料；題目均為二字詞，含聲母、韻母、結合韻、聲調的評量，共有32題。此工具可用以評量所有的聲母、韻母，但不包含兩個韻母：因（ㄝ）無法單獨發音，須與ㄧ、ㄩ結合，另外少有（ㄧㄛ）音，也不列入評量內容，所以包括聲母21個，韻母36個，見表5-1。測驗題目的前15題與第4章「華語語詞聲調唸讀測驗」之題目相同，除了作為聲韻母評量外，也用於評量不同聲調組合之聲調發音情形；唯增加17個語詞做為其他語音的評量。所有題目內容詳見表5-2，字詞依序為：冰棒、熨斗、帆船、肥皂、小熊、草地、崖谷、愛心、卡車、燈塔、西瓜、圍巾、照片、拼圖、氣球、雨傘、老虎、蚊子、貓狗、日記、網子、耳朵、松鼠、靴子、野花、圓圈、外套、針線、香蕉、鴨子、脖子、牛車，共32個語

詞。前 15 個語詞圖片簡報檔請參考第 4 章圖 4-1，後 17 個語詞施測之圖片
簡報檔見圖 5-1，此 32 個語詞圖片簡報檔完整版置於系統檔案資料夾中，方
便使用者施測錄音用；表 5-2 在音素評量方面，聲韻母使用網底粗字是作為評
量之音素；在聲調評量方面，數字表示所測之聲調。唸讀正確以圈選表示，錯
誤以打「X」表示，建議盡量記錄所聽到之錯誤音素與聲調，可作為錯誤類型
分析之用，此評量表 5-2 也置於系統之資料夾中。

表 5-1 「發音綜合測驗」所評量之聲母、韻母一覽表

聲母（21）		韻母（36）		
爆破音	ㄅ、ㄆ、ㄉ、ㄊ、ㄍ、ㄎ	單韻母		ㄧ、ㄨ、ㄩ、ㄚ、ㄛ、ㄜ
擦音	ㄈ、ㄙ、ㄕ、ㄖ、ㄒ、ㄏ	複韻母		ㄞ、ㄟ、ㄠ、ㄡ
塞擦音	ㄐ、ㄑ、ㄓ、ㄔ、ㄗ、ㄘ	聲隨韻母		ㄢ、ㄣ、ㄤ、ㄥ
鼻音	ㄇ、ㄋ	捲舌韻母		ㄦ
邊音	ㄌ	結合韻	齊齒呼	ㄧㄚ、ㄧㄝ、ㄧㄞ、ㄧㄠ、ㄧㄡ、ㄧㄢ、ㄧㄣ、ㄧㄤ、ㄧㄥ
			合口呼	ㄨㄚ、ㄨㄛ、ㄨㄞ、ㄨㄟ、ㄨㄢ、ㄨㄣ、ㄨㄤ、ㄨㄥ
			撮口呼	ㄩㄝ、ㄩㄢ、ㄩㄣ、ㄩㄥ

表 5-2　「發音綜合測驗」評量表

評量項目	語詞	音素評量				聲調評量	
1.	冰棒	ㄅ	ㄧㄥ	ㄅ	ㄤ	1	4
2.	熨斗	ㄩㄣ		ㄉ	ㄡ	4	3
3.	帆船	ㄈ	ㄢ	ㄔ	ㄨㄢ	2	2
4.	肥皂	ㄈ	ㄟ	ㄗ	ㄠ	2	4
5.	小熊	ㄒ	ㄧㄠ	ㄒ	ㄩㄥ	3	2
6.	草地	ㄘ	ㄠ	ㄉ	ㄧ	3	4
7.	崖谷	ㄧㄞ		ㄍ	ㄨ	2	3
8.	愛心	ㄞ		ㄒ	ㄧㄣ	4	1
9.	卡車	ㄎ	ㄚ	ㄔ	ㄜ	3	1
10.	燈塔	ㄉ	ㄥ	ㄊ	ㄚ	1	3
11.	西瓜	ㄒ	ㄧ	ㄍ	ㄨㄚ	1	1
12.	圍巾	ㄨㄟ		ㄐ	ㄧㄣ	2	1
13.	照片	ㄓ	ㄠ	ㄆ	ㄧㄢ	4	4
14.	拼圖	ㄆ	ㄧㄣ	ㄊ	ㄨ	1	2
15.	氣球	ㄑ	ㄧ	ㄑ	ㄧㄡ	4	2
16.	雨傘	ㄩ		ㄙ	ㄢ	15 種聲調組合下之各聲調題數： 一聲：8題 二聲：8題 三聲：6題 四聲：8題	
17.	老虎	ㄌ	ㄠ	ㄏ	ㄨ		
18.	蚊子	ㄨㄣ		ㄗ			
19.	貓狗	ㄇ	ㄠ	ㄍ	ㄡ		
20.	日記	ㄖ		ㄐ	ㄧ		
21.	網子	ㄨㄤ		ㄗ			
22.	耳朵	ㄦ	ㄉ	ㄨㄛ			
23.	松鼠	ㄙ	ㄨㄥ	ㄕ	ㄨ		
24.	靴子	ㄒ	ㄩㄝ	ㄗ			
25.	野花	ㄧㄝ		ㄏ	ㄨㄚ		
26.	圓圈	ㄩㄢ	ㄑ	ㄩㄢ			
27.	外套	ㄨㄞ		ㄊ	ㄠ		
28.	針線	ㄓ	ㄣ	ㄒ	ㄧㄢ		
29.	香蕉	ㄒ	ㄧㄤ	ㄐ	ㄧㄠ		
30.	鴨子	ㄧㄚ					
31.	脖子	ㄅ	ㄛ	ㄗ			
32.	牛車	ㄋ	ㄧㄡ	ㄔ	ㄜ		

圖 5-1　發音綜合測驗簡報檔（前 15 個語詞同圖 4-1）

◎ 第二節　聲母韻母的特色與教學

　　華語拼音時，元音與聲調是不可或缺的成分，原則上，韻母與聲調可以先拼，再與聲母拼讀，若是結合韻應該看做一個單位，先把介音、主要元音、韻尾拼合正確，配上聲調，再與聲母拼讀。另外，就語言發展的角度而言，語音的學習應從比較容易的音開始，從而漸漸習得較複雜的構音。

　　語音障礙可能發生在任何障礙類別的身心障礙兒童，特別是聽覺受損的兒童，因為聽力與理解的功能性有很高的關聯。聽覺障礙兒童由於缺乏聽覺管道的接收與回饋，使他們無法或不易了解聲音符號所代表的意義，因而阻礙其語言的學習。聽障學生對於語音視覺訊息的讀取相當困難，可見性較高的雙唇音（ㄅ、ㄆ、ㄇ）及唇齒音（ㄈ）較容易發展，較複雜且可見性低的擦音和塞擦音則不容易發展，以非氣音取代氣音的現象最為普遍，聲調方面錯誤也較常發生。由此可見，聽障的語音教學是相當複雜且深具挑戰性的工作。

　　語音教學最常用的方法是教師唸讀，學生跟著仿讀，學習者可經由教師對發音部位的解說指導，或自己聽覺的回饋，進行不斷修正而達到較為正確的發音。但聽障學生的語音教學無法完全仰賴聽覺的回饋系統，除了很好的訓練，聽障並無法因生理的成熟而獲利，須有其他的替代方式教導語音。因此，教師語音的教學，除著重加強聽障學生殘餘聽力的使用外，也必須盡量利用語音外在的視覺、觸覺、動覺線索之多重感官的學習，提供聽障兒童音韻學習更多元的協助，因此「電腦語音教學」是聽障學生學習語音很重要的輔具。

　　本系統之「聲母、韻母教學」所提供之「發音口腔正面圖」與「發音器官側面圖」，可用於教師對於發音部位與發音方式的說明；發音的示範方面，提供及時的發音嘴形與發音側面動畫圖，是很好的學習輔助工具，此外，系統提供真人教學影片（包括手語與字幕），有助於了解該音的發音方式。教師在進

行聲母、韻母教學時，最好能對於聲韻母之發音特性有基本的認識，以進行聲母錯誤類型的分析與比較，並能將語音錯誤的部分，做系統化的歸類與統整，促進教學的效果，亦能有效的應用本系統所提供的資源進行教學。

以下各節有關聲、韻母的特色，根據國內學者對語音之特性與教學的研究（吳金娥等，1993；林以通，2000；徐道昌、吳香梅、鍾玉梅，1984；曹峰銘，1996；陳弘昌，1999；國音教材編輯委員會，2002；黃國祐，1996；謝雲飛，1987；鍾榮富，2006）分節說明，以進一步了解語音的形成、語音的分類方式與發音的特質等，有助於語音的教學與學習；最後也就本軟體之使用原則與方法提出說明，以期有效使用本系統作為發音教學的輔具。

一、聲母的特色與教學 ||||

聲母（輔音）是聲音出來的時候，在發音器官的某部分受了阻礙，甚至完全關閉，釋放氣流發出聲響。聲音會隨發音方式與口腔部位而有不同，例如：「ㄅ」音是用舌尖發出的音，聲音通過時是完全阻塞，片刻時間發出來的聲音，就是「爆破音」，也稱為「塞音」。與塞音極為相似的音為擦音，例如：「ㄕ」音也是舌尖音，不同於「ㄅ」之處是聲音通過時，舌尖不完全塞住，讓空氣擠出來摩擦成聲，就稱擦音；若是先塞後摩擦的音，稱塞擦音，例如「ㄗ」音。由此可見，聲母的學習應就發音部位、發音方式有正確的認識，才能提升學習效果。

以下就聲母之發音部位、發音方式（成阻／破阻、送氣／不送氣、聲帶顫動／不顫動）做簡要的分類與說明。聲母依發音部位可分為 7 類，分別為：(1)雙唇音（ㄅ、ㄆ、ㄇ）、(2)唇齒音（ㄈ）、(3)舌尖前音（ㄗ、ㄘ、ㄙ）、(4)舌尖音（ㄉ、ㄊ、ㄋ、ㄌ）、(5)舌尖後音（ㄓ、ㄔ、ㄕ、ㄖ）、(6)舌面前音（ㄐ、ㄑ、ㄒ）、(7)舌根音（ㄍ、ㄎ、ㄏ）。依發音之成阻和破阻方法可分為 5 類，分別為：(1)塞音（雙唇塞音ㄅ、ㄆ，舌尖塞音ㄉ、ㄊ，舌根塞音

《、丂）、(2)擦音（唇齒擦音ㄈ、ㄙ，舌尖前擦音ㄕ、ㄖ，舌面前擦音ㄒ，舌根擦音ㄏ）、(3)塞擦音（舌尖前塞擦音ㄗ、ㄘ，舌尖後塞擦音ㄓ、ㄔ，舌面後塞擦音ㄐ、ㄑ）、(4)鼻音（雙唇鼻音ㄇ、舌尖鼻音ㄋ）、(5)邊音（ㄌ）等。依發音之呼出氣流的強弱可分為：不送氣音／送氣音（ㄅ／ㄆ、ㄉ／ㄊ、ㄍ／丂、ㄗ／ㄘ、ㄓ／ㄔ、ㄐ／ㄑ）。依聲帶顫動不顫動分為清音（喉頭不振動）與濁音（喉頭振動，華語裡只有四音：ㄇ、ㄋ、ㄌ、ㄖ）。

　　由上述聲母的分類，不難理解聲母的產生與發音部位（唇、舌尖、舌面、舌根）和發音方法（塞音、塞擦音、擦音、鼻音、邊音）有密切的關係，本節從不同的發音部位和發音方法，說明 21 個聲母的語音特色與教學。

（一）聲母的特色

1. 與嘴唇有關的聲母（雙唇音），包括：ㄅ、ㄆ、ㄇ、ㄈ，前三個音均是利用雙唇的開合使氣流先受阻然後再衝出，聲音受到阻隔無法持續，所以稱塞音，因為先塞後爆所以也稱為塞爆音，或爆破音（此為一般用語）。其中的ㄇ音，因氣流從鼻腔出來，所以稱鼻音；ㄈ則是藉上齒下唇的咬合，讓氣流從隙縫間摩擦出來，而產生持續的氣流，也稱為唇齒音。

2. 與舌尖有關的聲母（舌尖音、舌尖前音、舌尖後音），包括：舌尖音ㄉ、ㄊ、ㄋ、ㄌ，其中ㄉ與ㄊ為舌尖抵住上牙齦，使氣流無法持續，是為爆破音，兩者的區別只有不送氣與送氣之分：發ㄌ音時，雖然方法相同，但氣流卻可以從舌尖的兩邊持續送出，所以也稱邊音；唯發ㄋ音時，氣流是從鼻腔送出，所以稱鼻音。其次是舌尖前音（ㄗ、ㄘ、ㄙ）是以舌尖抵住上牙齦，使氣流摩擦稍微受阻，而後再持續流出口腔；舌尖後音（ㄓ、ㄔ、ㄕ、ㄖ），發音時與舌尖前音不同之處，是要將舌尖往後捲起即可。

3. 與舌位有關的聲母（舌面音、舌根音），包括：舌面音ㄐ、ㄑ、ㄒ，發音時將舌面往前伸至前硬顎靠近齒齦處，使氣流磨擦但並未完全受阻。舌根音為ㄍ、ㄎ、ㄏ，前兩音發音時，整個舌位上揚，舌根後方頂住軟顎，使氣流無法持續，然後摩擦送出氣流，因此也是爆破音；ㄏ音發音時，雖然舌根抬高靠近軟顎，但未與任何發音部位碰觸，發音時聲門與口腔都是敞開的，稱擦音。

（二）聲母的教學

上述聲母的發音部位、發音方式有助於聲母的學習，引導方法是以簡單的音開始（如：唇音，易觀察模仿），並以「發音部位」相同者做為同一類組學習，例如：與嘴唇有關的聲母（ㄅ、ㄆ、ㄇ、ㄈ）均放在一起學習，因為這些音的發音部位相似，學生比較容易觀察發音部位明顯的音，將學會的音類化學習相近似的音，並學習發音方法的不同，增進學生對於發音方式的區辨能力（ㄅ、ㄆ為爆破音，ㄇ為鼻音、ㄈ為唇齒擦音）。教學時可以先說明唇形的不同，然後令學生觀察教師的嘴形，提醒學生注意舌頭、嘴唇，並且應用系統中之「發音口腔正面圖」與「發音器官側面圖」，加以說明發音的部位與發音方式。學生了解要領之後，在家自行練習時，即可根據系統的「發音示範」、「側面動畫」觀察模仿；如果還是無法了解標的音之發音方式，可以按一下真人教學，學習這個音的發音部位與發音方式。

聲母是由肺裡呼出的氣流在發音的通道中，受到阻礙所造成的聲音。因為是氣流通過阻礙的聲音，音量微弱，很難從聽覺分辨，所以習慣上總要加上一個元音，例如：ㄅ、ㄆ、ㄇ、ㄈ、ㄉ、ㄊ、ㄋ、ㄌ、ㄍ、ㄎ、ㄏ的後面加（ㄜ）韻；ㄐ、ㄑ、ㄒ的後面加「ㄧ」韻；ㄓ、ㄔ、ㄕ、ㄖ、ㄗ、ㄘ、ㄙ的後面加空韻，如此聲母才能發出聲來。

以下分別從各聲母的發音技巧逐一說明，並就易混淆的音進行比較。

爆破音

1. 「ㄅㄜ」：將嘴唇閉住，然後張開，很輕鬆地將口腔中的氣流放出，發出「ㄅ」音加上韻母「ㄜ」，就是「ㄅㄜ」。

2. 「ㄆㄜ」：將嘴唇閉住，然後張開，但須要稍微用點力，使氣流能從兩唇之間放出，發出「ㄆ」音加上韻母「ㄜ」，就是「ㄆㄜ」。

◆「ㄅ」和「ㄆ」的區別：

　　發「ㄆ」音的氣流較強，可以用手拿一張紙在面前，發「ㄆ」音時紙張會因氣流衝出而被吹動，而「ㄅ」音氣流較小，紙張不會動。

3. 「ㄉㄜ」：舌尖向上抵住上面的牙齦，當舌尖離開上面齒齦，很輕鬆地將口腔中的氣流放出，發出「ㄉ」音加上韻母「ㄜ」，就是「ㄉㄜ」。

4. 「ㄊㄜ」：舌尖向上抵住上面的牙齦，當舌尖離開上齒齦時，用力地將口腔中的氣流放出，發出「ㄊ」音加上韻母「ㄜ」，就是「ㄊㄜ」。

◆「ㄉ」和「ㄊ」的區別：

　　發「ㄊ」音的氣流較強，可以用手拿一張紙在面前，發「ㄊ」音時紙張會因氣流衝出而被吹動，而「ㄉ」音氣流較小，紙張不會動。

5. 「ㄍㄜ」：將舌根抬高抵住軟顎，當舌根離開軟顎，氣流自然地釋放出來，發音時加上韻母「ㄜ」，發出「ㄍㄜ」音。

6. 「ㄎㄜ」：將舌根抬高抵住軟顎，當舌根離開軟顎，用力地將口腔中的氣流送出，發音時加上韻母「ㄜ」，發出「ㄎㄜ」音。

◆「ㄍ」和「ㄎ」的區別：

　　發「ㄎ」音的氣流較強，可以用手拿一張紙在面前，發「ㄎ」音時紙張會因氣流衝出而被吹動，而「ㄍ」音氣流較小，紙張不會動。

擦音

7. 「ㄈㄜ」：上面牙齒靠近下面嘴唇，讓氣流從牙齒與嘴唇中間摩擦而出，發出ㄈ音加上韻母「ㄜ」，就是「ㄈㄜ」。

8. 「ㄙ」：上下齒對齊靠近，舌尖抵住下齒背的上方，舌尖與上齒背之間留出一條窄縫，用力送出氣流，發出「ㄙ」音。

9. 「ㄕ」：舌頭稍微捲起，舌尖背部靠近硬顎最前面的地方，但未觸及硬顎，氣流從中間的窄縫中摩擦而出，發出「ㄕ」的音。

◆「ㄙ」和「ㄕ」的區別：

「ㄙ」跟「ㄕ」所發的音很相似，不同的是，「ㄙ」這個發音不需捲舌。

10. 「ㄖ」：舌頭稍微捲起，舌尖背部靠近硬顎最前面的地方，但未觸及硬顎，氣流從中間的窄縫中摩擦而出，發出「ㄖ」的音，此時觸摸喉頭可以感覺聲帶顫動。

11. 「ㄒㄧ」：舌面抬高靠近硬顎的地方，但是還沒有碰到硬顎，氣流從中間的窄縫中摩擦而出，發音時加上韻母ㄧ，發出「ㄒㄧ」音。

12. 「ㄏㄜ」：將舌根抬高靠近軟顎的地方，然後摩擦送出氣流，發音時加上韻母ㄜ，發出「ㄏㄜ」音。

塞擦音

13. 「ㄐㄧ」：舌面抬高貼住上面硬顎，當舌面緩緩離開時，氣流自然地流出，發音時加上韻母ㄧ，發出「ㄐㄧ」音。

14. 「ㄑㄧ」：舌面抬高貼住上面硬顎，當舌面緩緩離開的時候，用力地將口腔中的氣流送出，發音時加上韻母ㄧ，發出「ㄑㄧ」音。

15. 「ㄓ」：舌頭稍微捲起，舌尖背部貼住硬顎最前面的地方，氣流自然地流出，發出「ㄓ」音。

16. 「ㄔ」：舌頭稍微捲起，舌尖背部貼住硬顎最前面的地方，但是要

用力送出氣流，發出「ㄔ」音。

17.「ㄗ」：上下齒對齊靠近，舌頭向前平伸，舌尖貼近齒背，氣流自然地流出，發出「ㄗ」音。

18.「ㄘ」：上下齒對齊靠近，舌頭向前平伸，舌尖貼近齒背，用力送出氣流，發出「ㄘ」音。

◆「ㄗㄘ」和「ㄓㄔ」的區別：

ㄗㄘ跟ㄓㄔ所發的音很相似，所不同的是ㄗㄘ這二個發音不需捲舌。

鼻音 ㄇ、ㄋ

19.「ㄇㄛ」：兩個嘴唇閉住，舌面放平，讓氣流從鼻子出去，同時張開嘴巴，發音的時候加上韻母ㄛ，就是「ㄇㄛ」音，這個時候觸摸喉頭可以感覺聲帶顫動。

20.「ㄋㄜ」：舌尖向上抵住上面的牙齦，氣流受舌尖與上齒齦的阻塞，氣流從鼻腔出去，發音時加上韻母ㄜ，發出「ㄋㄜ」音，這個時候觸摸喉頭可以感覺聲帶顫動。

邊音 ㄌ

邊音是指氣流到口腔後，舌尖上升抵住上齒齦，氣流在口腔中央的通路遇到阻礙，改由舌頭兩旁的間隙流出，就成為邊音。

21.「ㄌㄜ」：舌尖向上抵住上面的牙齦，氣流受到舌尖與上齒齦的阻塞，氣流從舌頭左右兩邊流出，發音時加上韻母ㄜ，發出「ㄌㄜ」音，這個時候觸摸喉頭可以感覺聲帶顫動。

二、韻母的特色與教學 ▐▐▐▐

韻母（也稱元音或母音）源自聲帶振動，視為濁音，發音時引起口腔的共鳴，但不受其他發音器官的阻塞，亦即氣流從肺部出來，撞擊聲帶使之振動，

經過咽腔、鼻腔、口腔時不受到任何阻礙，順利流出，因舌頭的位置、口腔的動作與嘴唇的圓展不同，在氣流經過時便產生不同的共鳴，發出的音就有所不同。這裡所謂之舌頭的位置，是指舌頭前、後、高、中、低的移動，當發音時，舌面的肌肉有個比其他部分更緊張的部位，也就是指舌頭最高點所處的位置，稱為舌高點。

韻母從發音的差異劃分，可分為四類，分別是：單韻母（主元音）、複韻母、聲隨韻母與捲舌韻母。元音的分類是以舌位的高低、舌的最高點偏前還是偏後，嘴唇的展圓等做劃分，若一個韻母從開始到結束舌位高低、舌頭前後、唇形圓展一直不變，那麼所發出來的韻母值也就一直不變，這種韻母是單純的元音，簡稱單韻母，也稱主元音（ㄧ、ㄨ、ㄩ、ㄚ、ㄛ、ㄜ、ㄝ），其特質如張口愈小，舌面與硬顎較接近，而舌面偏高（如：ㄧ、ㄨ、ㄩ），張口愈大，舌面與硬顎的距離較遠（如：ㄚ）：一個韻母從發音開始到發音結束，如果舌頭的前後、舌位的高低、嘴唇的圓展有了改變，那麼所發出的韻母值也就起了變化，聽得出來這個韻母是由兩個音複合而成的，這種韻母就叫複韻母（ㄞ[ai]、ㄟ[ei]、ㄠ[au]、ㄡ[ou]），亦即韻母是從甲元音移到乙元音，響度由大到小，如：ㄠ為[a]元音移至[u] 元音，[a]是舌面後的最低元音，所以響度較大；[u]是舌面後的最高元音，所以響度較小，因此「ㄠ」的響度是從大到小：聲隨韻母是在韻母的後頭跟著一個聲母，亦即由元音移到輔音（ㄢ、ㄣ、ㄤ、ㄥ），這些跟隨在韻母後面的聲母都是鼻音，ㄢ為ㄚ＋ㄋ，ㄣ為ㄜ＋ㄋ，ㄤ為ㄚ＋ㄫ，ㄥ為ㄜ＋ㄫ。捲舌韻母只有一個（ㄦ），韻母ㄧ、ㄨ、ㄩ者與其他的韻相結合，就形成結合韻，依口形分別為齊齒呼（跟ㄧ結合）、合口呼（跟ㄨ結合）、撮口呼（跟ㄩ結合），共有 22 個（均以ㄧ、ㄨ、ㄩ 做介音）。

（一）韻母的特色

發音時根據舌位高低前後不同，分為：高元音、中元音、低元音；依舌位

前後不同，分為：前元音與後元音。例如：「一」與「ㄨ」均為高元音，區別在於舌位前後不同，「一」為前元音，「ㄨ」為後元音；「ㄝ」與「ㄛ」為中元音，區別仍是在「ㄝ」為前元音，「ㄛ」為後元音；「ㄚ」則為低元音。因此，從「一」、「ㄝ」到「ㄚ」，可以感覺舌位的下降，由「一」、「ㄨ」可以感覺舌位由前往後移動。

　　韻母的類別可分成單韻母、複韻母、聲隨韻母、捲舌韻母、結合韻，說明如下：

1. **單韻母**：一、ㄨ、ㄩ、ㄚ、ㄛ、ㄜ、ㄝ，發音時，舌頭的前後、舌位高低、嘴唇圓展，始終保持某種部位而不改變。

2. **複韻母**：由兩個單韻母合成的一個韻母，如：ㄞ[ai]（ㄚ＋一）、ㄟ[ei]（ㄝ＋一）、ㄠ[au]（ㄚ＋ㄨ）、ㄡ[ou]（ㄛ＋ㄨ）。

3. **聲隨韻母**：一個單韻母的後頭附隨一個鼻音聲母，如：ㄢ[an]（ㄚ＋ㄋ）、ㄣ[en]（ㄜ＋ㄋ）、ㄤ[ang]（ㄚ＋兀）、ㄥ[eng]（ㄜ＋兀）。

4. **捲舌韻母**：一個單韻母「ㄜ」的後頭附隨一個捲舌的聲母「ㄖ」，亦即ㄦ[er]（ㄜ＋ㄖ）。

5. **結合韻**：有 22 個之多，分成齊齒呼（一ㄚ、一ㄛ、一ㄝ、一ㄞ、一ㄠ、一ㄡ、一ㄢ、一ㄣ、一ㄤ、一ㄥ）、合口呼（ㄨㄚ、ㄨㄛ、ㄨㄞ、ㄨㄟ、ㄨㄢ、ㄨㄣ、ㄨㄤ、ㄨㄥ）、撮口呼（ㄩㄝ、ㄩㄢ、ㄩㄣ、ㄩㄥ）。

（二）韻母的教學

　　韻母的學習要把握舌位前後、口腔開展度及嘴唇形狀，當氣流通過聲帶時，聲門都會緊閉，使得氣流振動聲帶而發出聲音，因為聲音響亮，所以帶音也叫做濁音。教學時應從構音比較容易的開始（如：主元音），再學習較複雜的構音，以下分別就單韻母、複韻母、聲隨韻母、捲舌韻母說明發音的方法。

單韻母

ㄧ、ㄨ、ㄩ、ㄚ、ㄛ、ㄜ、ㄝ，是從發音開始直到發音結束，舌頭的前後、舌位高低、嘴唇開展或圓合都一直不變。

1. 「ㄧ」：嘴角向兩側拉開，嘴巴稍微張開呈扁形，舌頭前面盡量抬高，但未碰到前硬顎，發出「ㄧ」的音。

2. 「ㄨ」：嘴巴噘起呈小圓形，舌根向上且稍微往後升起，但未碰到軟顎，發出「ㄨ」的音。

3. 「ㄩ」：嘴巴呈小圓形，舌頭前面盡量抬高，但未碰到前硬顎，發出「ㄩ」的音。

4. 「ㄚ」：嘴巴盡量張開，舌面下降到最低的位置，發出「ㄚ」的音。

5. 「ㄛ」：嘴巴稍微張開成圓形，舌根向後升起，升到正中的位置，發出「ㄛ」的音。

6. 「ㄜ」：嘴巴稍微張開呈扁形，舌根向後升起，升到中高的位置，發出「ㄜ」的音。

7. 「ㄝ」：嘴形半開呈扁形，同時舌尖接近下面牙齒，下巴往下降，發出「ㄝ」的音。

複韻母

ㄞ、ㄟ、ㄠ、ㄡ，是由兩個音複合而成。

1. 「ㄞ」：ㄞ為複韻母，由ㄚ的唇形變成ㄧ的唇形，發音的方式是先把口腔打開，舌頭向下降至發ㄚ音的位置，然後舌頭上升到最高，但不致發生摩擦的位置，從ㄚ迅速滑到ㄧ的音，口形由大到小，發出ㄞ的音。

2. 「ㄟ」：ㄟ為複韻母，由ㄝ的唇形變成ㄧ的唇形，發音的方式是先把嘴巴張開成扁形，舌頭在發ㄝ的位置，發音時把舌頭抬高，但不致發

生摩擦的位置，從ㄝ迅速滑到一的音，口形由大到小，發出ㄟ的音。

3. 「ㄠ」：ㄠ為複韻母，由ㄚ的唇形變成ㄨ的唇形，發音的方式是先把嘴巴張開，舌頭向下降至發ㄚ音的位置，然後嘴巴合攏呈小圓形，從ㄚ迅速滑到ㄨ的音，口形由大到小緊密復合，發出ㄠ的音。

4. 「ㄡ」：ㄡ為複韻母，由ㄛ的唇形變成ㄨ的唇形，發音的方式是先把嘴巴半開，舌頭在發ㄛ音的位置，然後嘴巴合攏呈圓形，從ㄛ迅速滑到ㄨ的音，口形由大到小緊密復合，發出ㄡ的音。

聲隨韻母

ㄢ、ㄣ、ㄤ、ㄥ，是在韻母的後頭附隨一個鼻音聲母，所以稱為聲隨韻母。

1. 「ㄢ」：ㄢ為複韻母，由ㄚ的唇形變成ㄋ的唇形，發音的方式是先把嘴巴張開，舌頭向下降至發ㄚ音的位置，然後向前一推，讓舌尖抵住上牙齦，使氣流從鼻腔出去，從ㄚ迅速滑到ㄋ的音，發出ㄢ的音。

2. 「ㄣ」：ㄣ為複韻母，由ㄜ的唇形變成ㄋ的唇形，發音的方式是嘴巴稍微張開呈扁形，舌頭在發ㄜ音的位置（舌根向後升起），然後向前一推，使舌尖抵住上牙齦，使氣流從鼻腔出去，從ㄜ迅速滑到ㄋ的音，發出ㄣ的音。

3. 「ㄤ」：ㄤ為複韻母的鼻音，發音的方式是先把嘴巴張開，舌頭向下降至發ㄚ音的位置，舌頭後部先上升抵住硬顎，使氣流一半從鼻子出去，嘴形由大而小發出ㄤ的音。

4. 「ㄥ」：ㄥ為複韻母的鼻音，發音的方式是嘴巴稍微張開呈扁形，舌頭在發ㄜ的位置，舌根用力提向軟顎，使氣流先從嘴巴出來，再由鼻腔出去，嘴形也由大而小，發出ㄥ的音。

捲舌韻母 儿

「儿」：嘴巴稍微張開呈扁形，舌頭先放在發さ的位置，然後捲起舌頭（舌尖向上捲起對著硬顎中間），發出儿的音。

● 第三節　發音教學軟體的應用

華語語音是由聲、韻、調三個部分所構成，因此語音教學的設計應將此全部列入，才是完整的教學系統。本書「聲母、韻母的教學」功能配合標準聲音的播放，提供同步口形發音示範、發音器官側面動畫的功能，使用過程中也可以點選教學影片做標的音的學習；聲調聽辨方面，有單字詞、二字詞的測驗題型，作答完後可立即察看測驗結果，有助於學習者了解自己的聲調聽辨正確率。另外，聲調唸讀題庫提供大量的練習題目，包括：單字詞（13 個）、二字詞（400 個）、三字詞（640 個）、四字詞（320 個）的聲調練習，學習者可以自行學習，比較標準聲調發音與自己聲調的差別，而且可以即時錄音與存檔，有助於學習效果的比較與分析；有關聲學資料的量測，本系統介面也提供點選音節，可進行基頻、音量、音長振幅之調整、波形切割、聲波與 LPC 頻譜圖的編輯，聲學參數之自動儲存等。

綜合本系統的功能，在教學方面優於傳統教學主要有：

1. 使用者能自己練習發音，亦是教師訓練學生華語發音很好的輔助工具。
2. 自我學習時輕鬆自如，錯了也比較沒有不舒服的感覺。
3. 可選擇自己想學習的項目及練習的次數。
4. 聲韻母的教學，呈現方式可依需要將訓練聚焦於發音的嘴型、側面動畫圖或真人發音教學等。

5. 聲調唸讀輔以聲調軌跡圖的視覺回饋，對聽障學生或非聲調為母語的學習者，特別有幫助，題庫方面也提供完整的練習課程。

6. 具有聲調聽辨測驗的功能，使用者可以了解自己聲調聽辨的正確性。

本系統可增進視覺訊息的知覺，特別是加強聲調的聽辨，是學習聲調唸讀相當重要的部分。音韻覺知涉及聽覺上對聲音的知覺，對於類似語音具有區辨的知覺性，而後才能有效的儲存記憶此語音的聲學特徵，因此，提供較易辨聽的字組練習，對於音韻的教學更顯重要。在聲韻母發音的教學，Carla 和 Newton（1986）建議從最簡單的唇音開始，再依難易方式排列，對於語音的選擇，通常會依循語音發展的順序，安排由易而難的語音進行教學。當學習者語音是屬於輔音的錯誤時，可先以響度大、頻率低的韻母「ㄚ」作為韻母，較能為聽障者所聽取，也可以使用對比的方式（如：氣音、非氣音）、近似音的區辨練習，並且從單韻母、結合韻、結合韻加上聲調的順序進行，而後再逐步加入輔音合併練習字、詞、句子、對話等指導。

在語音教學前之發聲技巧的練習（phonetic skill）仍有些爭議性。Ling（2002）認為發聲練習使用非字的音節練習，並將音節擴大組成更長的語言單位，此有助於超音段（suprasegmentals）的音韻知覺。超音段最常用的是指聲調、重音及語調，語音的長短、快慢也包括在內，這些對於語音的學習是一項重要的基礎，練習如：[bi]→[bibibi]→[bimabimabima]。但 Osberger 和 McGarr（1982）認為，雖然發聲練習可以協調說話的機轉，使其產生複雜語音的動作能力，但事實上，以此移轉到有意義的說話，卻不見得會成功達到類化學習，重要的關鍵是語音必須在說話中的練習才有意義。建議對於聽障語音教學，使用字、詞來教導超音段與單音的類型，有系統地練習有意義的字是相當重要的方法。而 Carla 和 Newton（1986）則認為發聲練習有其重要性，可以建立語音產生的動作技能，並不需放棄使用非字的音節方式教導，重點是對於學習者條件加以評估，判斷學習者是否仍需要發聲練習，例如：重聽

者或早期被鑑定為聽障者，且有聽能與口語訓練之早期介入，這類學習者通常沒有發聲技巧的困難，因此較少需要進行發聲練習。

綜言之，華語語音教學的幾個重要問題，包括教師對語音音韻特徵是否了解？教師如何根據學生個別情況，安排語音教學的順序？對學生最有效的語音學習方式為何？對教師而言，教學要顧及學生不同的需要的確很困難，但發音以學習者的需要做考量會比教學者自訂的效果好，因此教學上必須了解學生的學習興趣與需要，根據學生不同的語音障礙給予不同的教導。

本系統之聲調教學，在課程設計係依據聲調由簡至難的順序進行，每一課聲調語料都從最簡單的單字詞開始，單字詞的四個聲調練習，均以主元音（ㄧㄨㄩ）為字音，聽障學生學習時最好都從一聲開始做音準練習，也就是從第一課開始學習，語料學習涵蓋：單字詞、二字詞、三字詞。同一單元之聲調教學有相當多的練習範例，學習的範例多寡，完全視學習者的狀況而定，如果學習者已經學會該課的聲調，便可以進入下一課學習。課程的排列為編序教材，所以可以根據學習者聲調的錯誤類型，選擇想要練習的聲調，但原則上都要先從單一聲調的練習開始，再進入對比聲調的練習，四個聲調均通過後，才進入三字詞與四字詞的綜合練習，這類多音節字詞的聲調更符合自然情境下說話的聲調。

當使用者為特殊學生或以非聲調語言為母語的外國人士，使用上需根據其四個聲調學習的難易度，在課程的訓練順序上做適當的調整，以更符合學習者的特性。對於非聲調語言為母語的學習者而言，因受到母語學習經驗的影響，學習華語聲調是很困難的（Bluhme & Burr, 1971; Chen, 1997; Shen, 1989; Wang & Kuhl, 2003; Wang, et al., 1999; White, 1981）。很多研究發現，以英語為母語者，因受到英語的重音與語調變化的影響，會對於華語聲調的學習產生困難（White,1981; Chen,1997）。White（1981）便指出，英語為母語的聽者，受到母語的影響，會把一聲（高平音）視為重音，三聲（低音之

下降音）視為非重音，而重音在音節中的聽辨，受到聲調時長與音高影響高於基頻，因為一聲與四聲較二聲三聲缺乏音韻變化，所以一聲與四聲對於英語為母語者較難學習。Shen（1989）的研究便指出，以英語為母語者，錯誤率最高的聲調為四聲（55.6%），其次為一聲（16.7%）。各研究之間由於採用方法、工具不同，也許結果會有差異是難以避免的，但 Kiriloff（1969）強調，不論聲調語言與非聲調語言者對於二聲三聲的聲調組合，仍然是最容易混淆的聲調。

　　總而言之，對於以華語為母語的一般學生而言，可以採用系統的編序課程，進行聲調之學習，但對於特殊學生或以非聲調語言為母語者，聲調的學習仍須考慮其特殊性，唯不論任何學習者，對比聲調二聲三聲的學習，均為最難學習的聲調組合。

　　語音教學電腦科技的應用方面，能經由聲波之物理特性，從語音頻率、強度與時間的外在線索，了解語音的特徵，提供聽力嚴重受損者，對於音韻知覺的困難，開啟另一種替代的方式。教學方面，電腦語音評量的成果可以作為教學的基礎；另外，在語音教學設計方面，必須有學理的依據與實務方面的研究，提供有效的教學模式，並考慮學習者的學習需要，使用電腦語音教學輔助，使語音的學習更富趣味性與功能性。本教學軟體具備的功能可供聲學研究用，對於教師教學或學生課後發音練習，更是一項重要的輔助工具。對於使用本系統進行發音教學時，有如下建議：

1. **聲調問題的分析**：不論是做基本的發音練習或聲調教學前，均須對學習者目前的發音狀況有所了解，建議先進行「聲調聽辨」與「聲調唸讀」的測驗，以了解學生的聲調聽辨能力，與聲調唸讀的錯誤狀況。「聲調聽辨」可直接使用系統進行測驗，並立即可查看測驗的結果；「聲調唸讀」則可使用本書中所提供之「華語語詞聲調唸讀」測驗，以聲調系統進行錄音、存檔，應用系統的編輯功能與自動產生之聲學

參數資料，便可快速地進行聲調軌跡圖的分析。教師可自錄聲調標準的語音檔，分析時將此語音檔與學生的語音檔做聲學參數（基頻、音長）比較，有助於診斷學生之聲調的問題與教學的引導。

2. **聲調的教學**：如果學生之「語詞聲調」的聽辨與唸讀結果，只有聲調的問題，那麼便可以使用系統的「聲調唸讀題庫」進行訓練的課程。聲調題庫的課程選用，是根據學生的聲調錯誤的狀況，選擇適合的課程，對於聽障學生或以非聲調為母語的外國人士而言，使用本系統所提供之「聲調軌跡圖」的即時視覺回饋，對於學習有非常大的效益。學習者如果了解如何比對教師的聲調軌跡圖與自己的不同點，多些練習模仿，很快便能掌握聲調抑揚的變化。另外，對於聲調聽辨有困難者，建議使用聲調聽辨練習與課後，測驗當作聽辨的練習，當聲調聽辨改善之後，對於聲調的唸讀也有學習的遷移效果。

3. **聲母、韻母的教學**：如果學生「語詞聲調」的唸讀結果，其聲母與韻母的發音嚴重錯誤，而影響發音的正確性，建議使用書中「發音綜合測驗」評量表，分析其聲韻母錯誤情形後，再使用「聲韻母」教學系統進行教學，教學方法可以參考本章第二節的說明；熟悉基本發音練習後，再進行聲調的教學，聲調教學對於所學會之聲母、韻母，也有複習的學習效果。聲調練習時仍從簡單的單韻母與聲調開始，聲調的選擇必須依據聲調的難易程度進行，從單字詞的練習開始，熟悉後便進入二字詞的練習，要等到四個聲調都熟悉後，才進入三字詞與四字詞的聲調綜合練習。

參考文獻

一、中文部分

吳金娥、姚榮松、張孝裕、黃家定、廖吉郎、季旭昇等（1993）。國音及語言運
　　用。台北：三民。

吳明雄（1995）。國民小學注音符號教學現況。社教資料雜誌，**201**，4-6。

林以通（2000）。**國音**。高雄：復文。

徐道昌、吳香梅、鍾玉梅（1984）。**語言治療學**。台北：大學圖書。

陳弘昌（1999）。**國小語文科教學研究**。台北：五南。

國音教材編輯委員會（2002）。**國音學**。台北：正中書局。

梅永人（2000）。**國語聲調電腦評量模式之研究**。國立台中師範學院教育測驗統計
　　研究所碩士論文。（未出版）

曹峰銘（1996）。輔音的聲學特性。載於曾進興主編：**語言病理學基礎**，第二卷
　　（pp.33-65）。台北：心理。

黃重光（2001）。**以自組織特徵映射建立國語聲調電腦評量模式之研究**。國立台中
　　師範學院教育測驗統計研究所碩士論文。（未出版）

黃國祐（1996）。元音的構音、聲學特徵及知覺。載於曾進興主編：**語言病理學基
　　礎**，第二卷（pp.1-31）。台北：心理。

張小芬（2007）。電腦化「國語聲調聽辨測驗」之編製。測驗學刊，**54(1)**，
　　97-120。（國科會計畫編號：NSC93-2511-S-019-002）

張小芬、古鴻炎、吳俊欣（2004）。聽障學生國語語詞聲調人耳評分與電腦分析之
　　初探。特殊教育研究學刊，**26**，221-246。（國科會計畫編號：NSC91-2520-
　　S-019-002）

潘奕陵（1998）。**聽覺障礙者語詞及句子層次的說話清晰度之知覺分析**。國立台灣

高雄師範大學特殊教育研究所碩士論文。（未出版）

鄭靜宜（2002）。言語障礙者的語音清晰度評估。**高雄師範大學特教叢書，67，**
3-19。

鍾榮富（2006）。漢語的語音與音韻。高雄師範大學 www.nknu.edu.tw/akka/chung/
das/patholog.pdf

謝雲飛（1987）。**語音學大綱**。台北：台灣學生。

二、英文部分

Bluhme, H. & Burr, R. (1971). An audio-visual display of pitch for teaching Chinese
tone. *Studies in Linguistics, 22*, 51-57.

Carla, D., & Newton, L. (1986). A comprehensive model for speech development in
hearing-impaired children. *Topics in Language Disorders, 6*(3), 25-46.

Chao, Y. R. (1968). *A grammar of spoken Chinese.* University of California: Berkeley
& Los Angeles.

Chen, Q. (1997). Toward a sequential approach for tonal error analysis. *J. Chinese
Language Teachers Assoc., 32*, 21-39.

Kiriloff, C. (1969). On the auditory discrimination of tones in Mandarin. *Phonetica,
20*, 63-67.

Liu, Y. T. (2004). The comparative fallacy in tone perception studies. Teachers College,
Columbia University Working Papers in *TESOL & Applied Linguisitc, 4*(1), 1-4.

Ling, D. (2002). *Speech and the hearing-impaired child: Theory and practice* (2nd
ed.). Washington, DC: A. G. Bell Association for the Deaf.

Logan, J. S., & Pruitt, J. S. (1995). Methodological issues in training listeners to
perceive non-native phonemes. In W. Strange (Ed.), *Speech perception and
linguistic experience: Issues in cross-language research* (pp.351-377). Baltimore:
York Press.

Osberger, M. J., & McGarr, N. (1982). Speech production characteristics of the gearing impaired. In N. Lass (Ed.), *Speech and language: Advances in basic research and practice (Vol.8)*. New York: Academic Press.

Shen, X. S. (1989). Toward a register approach in teaching Mandarin tones. *Journal of Chinese Language Teachers Association, 24*, 27-47.

Wang, Y., & Kuhl, P. K. (2003). Evaluating the "critical period" hypothesis: Perceptual learning of Mandarin tones in American adults and American children at 6, 10 and 14 years of age. *15th ICPhS Barcelona*, ISBN 1-876346-48-5.

Wang, Y., Spence, M. M., Jongman, A., & Sereno, J. A. (1999). Training American listeners to perceive Mandarin tones. *J. Acoust. Soc. Am.,106*(6), 3649-3658.

White, C. M. (1981). Tonal perception errors and interference from English intonation. *J. Chinese Language Teachers Assoc., 16*, 27-56.

Xu & Pfingst (2003). Relative importance of temporal envelope and fine structure in lexical-tone perception. *Joural Acoust Soc.Am.,114*(6), 3024-3027.

國家圖書館出版品預行編目資料

電腦化華語發音測驗與教學／張小芬、古鴻炎著.
-- 初版. -- 臺北市：心理，2007.10
面；　公分.--（特殊教育；21）
參考書目：面
ISBN 978-986-191-083-3（平裝附光碟片）

1.漢語　2.發音　3.測驗　4.電腦軟體　5.電腦輔助教學

802.4029　　　　　　　　　　　　　　　　96019529

特殊教育 21　　**電腦化華語發音測驗與教學**

著作財產權人：國立臺灣海洋大學
著 作 人：張小芬、古鴻炎
執行編輯：陳文玲
總 編 輯：林敬堯
發 行 人：洪有義
出 版 者：心理出版社股份有限公司
社　　　址：台北市和平東路一段 180 號 7 樓
總　　　機：(02) 23671490　　傳 真：(02) 23671457
郵　　　撥：19293172　心理出版社股份有限公司
電子信箱：psychoco@ms15.hinet.net
網　　　址：www.psy.com.tw
駐美代表：Lisa Wu　　tel: 973 546-5845　　fax: 973 546-7651
登 記 證：局版北市業字第 1372 號
電腦排版：辰皓國際出版製作有限公司
印 刷 者：辰皓國際出版製作有限公司
初版一刷：2007 年 10 月

定價：新台幣 1000 元【含光碟】　　■有著作權・侵害必究■
ISBN　978-986-191-083-3